81194

JUMP j BOOKS

約束《やくそく》のネバーランド

THE PROMISED NEVERLAND

~想《おも》い出《で》のフィルムたち~

原作《げんさく》 白井《しらい》カイウ　作画《さくが》 出水《でみず》ぽすか　小説《しょうせつ》 七緒《ななお》

登場《とうじょう》人物《じんぶつ》紹介《しょうかい》

GF《グレイス=フィールド》ハウスの子供達《こどもたち》

エマ

抜群《ばつぐん》の運動神経《うんどうしんけい》と学習能力《がくしゅうのうりょく》を兼《か》ね備《そな》えたムードメーカー

レイ

GF《グレイス=フィールド》ハウスの子供達《こどもたち》の中《なか》で唯一《ゆいいつ》ノーマンと渡《わた》り合《あ》える知恵者《ちえしゃ》

ノーマン

優《すぐ》れた分析力《ぶんせきりょく》と判断《はんだん》力《りょく》をもつGF《グレイス=フィールド》ハウスで一番《いちばん》の天才《てんさい》

フィル

エマが大好《だいす》きで、いつも元気《げんき》な男《おとこ》の子《こ》

ギルダ

高《たか》い洞察力《どうさつりょく》で物事《ものごと》に対処《たいしょ》する才女《さいじょ》

ドン

明《あか》るく負《ま》けず嫌《ぎら》いなお調子者《ちょうしもの》

ラニオン

仲良《なかよ》しなトーマといつも一緒《いっしょ》

トーマ

仲良《なかよ》しなラニオンといつも一緒《いっしょ》

ナット

少《すこ》し臆病《おくびょう》でちょっぴりナルシスト

アンナ

物静《ものしず》かだが心《こころ》が強《つよ》く皆《みんな》に優《やさ》しい

子供達《こどもたち》の支援者《しえんしゃ》

W《ウィリアム》・ミネルヴァ

本名《ほんみょう》:ジェイムズ・ラートリー
鬼《おに》と約束《やくそく》を結《むす》んだ一族《いちぞく》の末裔《まつえい》

邪血《じゃけつ》の少女《しょうじょ》の一行《いっこう》

鬼《おに》を人型《ひとがた》に保《たも》つ血《ち》の力《ちから》のせいで王達《おうたち》に食《く》い殺《ころ》されたはずが、密《ひそ》かに生《い》きていた。

ムジカ

ソンジュ

GF《グレイス＝フィールド》ハウスの大人《おとな》

イザベラ

エマ達《たち》を育《そだ》てた
優秀《ゆうしゅう》な飼育監《しいくかん》

GF《グレイス＝フィールド》ハウスの鬼達《おにたち》

発達《はったつ》した人間《にんげん》の脳《のう》を食《しょく》す為《ため》に人《ひと》の子《こ》を育《そだ》てる

約束《やくそく》のネバーランド

～想《おも》い出《で》のフィルムたち～

THE PROMISED NEVERLAND

再訪
さいほう

小屋の窓越しに、暖かな日差しが差し込む。

エマはガラスを鳴らして、窓を開けた。その途端、カーテンを揺らし、部屋の中へ日の光とともに、柔らかな風が吹き込んだ。

「いい天気」

エマは薄青い空を見上げて、笑《え》みを浮かべた。

雪が解け、春が訪れると、まず真っ先に風の香りが変わった。エマは頬《ほお》を撫《な》でるそれを、胸いっぱい吸い込む。そう遠くない場所は、戦争による汚染でマスクなしでは行動できない地帯になっている。それが信じられないくらい、今日《きょう》はひときわ清々《すがすが》しい天気だ。

青空の向こうから、鳥のさえずりが聞こえてくる。

「もうすぐ来るんじゃないか？」

朝から何度も窓の外を気にしている少女に、ともに暮らす老人は苦笑して声をかけた。

「うん」

頷《うなず》き返し、エマは落ち着きなくまた窓辺から離れようとする。

そこで、丘の向こうに人影が見えた。

「あっ」

エマは短く声を上げ、小屋を飛び出した。首にかかったペンダントが、持ち主の動きに合わせて大きく跳《は》ねる。

のどかな春の道に、人影が現れる。一人だけではない。

普段めったに人が行き来することのない風景の中、今は大勢の子供達が歩いていた。

先頭を歩いていた少年が、走ってくるエマに気づいて、ぱっと笑顔になる。

「エマー！」

フィルと、手を引かれたキャロルが走ってくる。その後ろから他の兄弟達も続く。トーマとラニオンが駆け、転がるようにマルク、ナイラがその後に続いた。小さな弟妹の手を引きながら、ドミニクにイベット、クリスティ、アリシア、ジェミマ、ロッシーが続く。ナットが走り、アンナが髪を揺らして手を振った。同じように大きく手を振るドンと、笑みを浮かべるギルダ。

そして一番後ろには、レイとノーマンの姿があった。

「みんな、ようこそ！」

エマは大きく手を振り返した。

＊　＊　＊

あの日、エマは〝家族〟と再会した。約束を結び直す代償として失った、〝家族〟だ。

『きみのせかいから　きみのかぞくをもらう』

それが[illegible]が求めた〝代償《ごほうび》〟だった。

1000年前、人間ともう一つの種族は[illegible]と一つの〝約束〟を結んだ。それによって、世界は二つに分かたれた。そして、鬼とも呼ばれるその種族達の食料として、一部の人間だけが残された。

それがエマ達、食用児の先祖だった。

世界の行き来はできない。食用児は犠牲になり続ける。それは、決して変えることのできない運命――〝約束〟のはずだった。

だがエマは[illegible]のもとへたどり着き、その〝約束〟を結び直した。

鬼の世界に絶滅も戦争ももたらすことなく、食用児全員で、人間の世界へ渡る。

『家族みんなで笑って暮らせる未来を』

その〝代償〟として、最も大切なものをエマは差し出した。

それが、〝家族〟だった。

家族にまつわる何もかもを、エマは失った。

生まれ落ちて記憶を持ち始めた瞬間から、エマの全《すべ》ては、家族と切り離せないものばかりだった。生まれ育った場所も、自分の名前を呼ぶ人達も、経験してきた全てが、家族と繋《つな》がっていた。

エマは一人、これまでの記憶を何一つ持たないまま、この世界へやってきた。何もわからず、雪の中で行き倒れていたエマを、この辺境の地に住む老人が助けた。

自分のこれまでが空白なのは、広い海を漂流しているような、心許《こころもと》ない気持ちにさせられた。

エマは毎日、過去を思い出そうとした。自分が所持していたものは、旅に必要な装備と銃、本、そして写真とペンダントだ。

手元にあるものが、きっと大切なものだということはわかった。

美しい石のはまったペンダントは、見たことないもののはずなのに、手のひらに置くと胸がぎゅっと締《し》めつけられた。

写真も何枚かあったが、一緒に映っている人物の姿は蝕《むしば》まれ、わからなくなっていた。

写真の少女が自分であることはわかる。けれど、この時のことをエマは何一つ思い出せなかった。

(なんでこんな顔、してるんだろう?)

エマはふふ、と小さく笑う。自分は、何かに驚いたように顔の前に手をかざしている。一緒に映っているのは——これを撮ったのは、一体誰なんだろう。

何もわからないまま、時だけが流れていった。

その間も、大切な人達の夢を見続けた。目覚めれば消えてしまう夢だ。わけもなく泣きたくなるように、エマは過去の名残《なごり》を感じていた。

朝、目が覚める時、決まって時計は六時を指《さ》していたし、食事の前には無意識に指を組み合わせていた。森も荒れ地もどうしてだか難なく歩けた。

体に染《し》みついた何かが、欠けたものをエマ自身に教えようとしているようだった。

何かを失った感覚を抱《いだ》いたまま、エマはそれでも、今の暮らしを受け入れ始めていた。

厚く積もった雪が解け、地面に草花が芽吹く頃には、エマは自然と笑えるようになっていった。

季節は流れ、二度目の春を迎えていた。

そして唐突に、あの夢は現実になった。

エマはその日、老人とともに町へ買い物に来ていた。賑《にぎ》やかな往来に、エマは足取りが軽くなった。

その途中でペンダントを落とした。

慌《あわ》てて探し、見つけたペンダントを拾おうとした時だった。エマはその時、聞いたことのない名前で、呼ばれた。

「エマ……！」

見知らぬ少年少女達が、感極《きわ》まったように自分を抱きしめ、囲んだ。

エマは何が起こったのか、わからなかった。ただ驚き、混乱し、けれど同時にあの夢を見ている時と同じ感覚が胸に広がっていった。

誰かもわからないし、何を言っているのかもわからない。

それでも――

「会いたかった……」

そうエマは口にしていた。

決して奪えない、魂に刻《きざ》まれた部分が、エマに涙を流させた。

それからエマは少しずつ、その〝家族〟達から、話を聞いた。

自分の名前が『エマ』であること、別の世界にいて、そこは〝鬼〟によって、人間が食用として管理されている場所であったこと。自分達は〝食用児〟で、その世界から逃げてきたこと。

自分の首からは消えた認識番号も、再会した兄弟達の首筋には残されていた。

何もかも、長い長い空想物語の中の、出来事のようだった。だがエマは真剣に耳を傾けた。作り話ではないことは、彼らの話しぶりから伝わってきたし、自分が持っていた銃や装備についても筋が通った。

一緒に生きよう。

そう言われてエマはやっと、漂っていたこの世界で、地面を踏みしめられたような気がした。過去の自分と今の自分が、繋がった。

かつての家族と再会できたが、それでもエマは暮らす場所として、小屋に残ることを選んだ。老人は見つかった家族と行くように言ったが、エマは首を横に振った。

記憶を持たない自分を救ってくれた孤独な老人もまた、エマにとってはもう、〝家族〟に違いなかった。

＊　＊　＊

二人で暮らすには、がらんとして感じられるほど広い小屋だったが、全員が中に入ると空間はすっかり埋まってしまった。

「素敵なお家《うち》！」

「すごいね！　ハウスにいた時みたい」

暖炉や壁にかかった写真を、子供達は好奇心いっぱいに見て回る。

「すみません、騒がしくしてしまって」

奥のキッチンにいた老人に、ノーマンは頭を下げた。

「いや、ゆっくりしていってくれ」

一瞬だけ眩《まぶ》しそうに、子供達が笑い合う風景を眺めた後、老人はテラスの方へ出ていった。

「椅子《いす》足りないよね」

キッチンの方から丸椅子を持ってくるエマを手伝いながら、ギルダが苦笑した。

「大勢でごめんね」

「ううん！」

エマは笑顔で首を振った。ギルダは肩をすくめた。

「これでも会いに行く人数は絞ったのよ」

一緒に椅子を並べるのを手伝いながら、クリスティが口を挟んだ。

「ほんとは、ヴァイオレットもジリアンも来たいって言ってたんだよ」

「オリバーもナイジェルも！　それにシスロも、バーバラも」

次々と名前を挙《あ》げる子供達に、エマは声を漏《も》らして笑った。

「そうなんだ」

その名前の少年少女達のことを、エマは思い出せたわけではない。

けれど、自分に会いたいと思ってくれる人達が、そんなにたくさんいるとわかるのは、嬉《うれ》しかった。


開けた窓から、暖かな春風が吹き込み、カーテンをそよがせる。

エマは一冊の本を持ってくると、テーブルに置いて開いた。傷《いた》んだ分厚い本のタイトルは、『ウーゴ冒険記』だ。

「これ、みんなだったんだね」

エマは本を開き、その間に挟んでいた写真を取り出した。

「あ……」

それを見て、兄弟達は声を漏らした。

写真は、自分達が見ていた時と様変《さまが》わっていた。

ハウスの廊下や庭に白い服を着た子供達がいるのはなんとなく判別できるが、ボロボロに朽《く》ちて、顔はわからなくなってしまっている。

「そっか……エマの記憶だけじゃなくて、写真も」

ナットが呟《つぶや》き、それから、他の兄弟とともに人物の滲《にじ》んだ写真を見つめた。

「うーん、これはきっと、マルクとドミニクで……」

「あっ、ほんとだ」

兄の隣から覗《のぞ》き込《こ》んでいた二人が、その時の記憶を思い出し、声を上げた。

「これ、僕だよ！」

一枚を手に取って、フィルが告げる。ほとんど何が写されているのかわからなくなっている写真は、どうやらカメラに近づきすぎたフィルの顔だったようだ。

「こっち誰だ？　後ろ向きだな？」

写真を覗き込み、ラニオンが眉《まゆ》を寄せる。トーマも腕を組んで考える。兄弟達はわずかなヒントと何年も前の記憶を頼りに、被写体を照らし合わせていく。

「レイ、答え合わせしてあげたら？」

ノーマンが視線を向けると、レイは肩をすくめて笑った。

「ラニオン、トーマ、お前らだよ」

「えっ⁉」

まさか自分とは思わず、二人は声を上げた。後ろから撮られたものなので、気づかなかったが、確かに旅の途中で見た写真の中には、このアングルのものもあった。

フィルが、エマの隣から得意そうに話す。

「ハウスの写真は、レイが撮ったんだよ」

「そうなんだ」

自分の方を向いたエマに、レイは頷いた。懐かしそうに古い写真を見つめる。

「あの時は、脱獄に必要な装置を作るために取り寄せたものだったけど」

レイは苦笑を浮かべて、呟いた。

「撮っておいて、良かったのかもな」

鮮明な写真はなくなってしまったが、自分達とエマが再会できたことで、色褪《いろあ》せ、欠けた部分はこうして補い合える。

レイは口元に薄く笑みを浮かべたまま、驚いた表情を浮かべるエマと、その隣にノーマンの並ぶ写真を手に取る。

これは二枚目に撮った写真だ。

最初の一枚を写してみた時のことをレイは思い出す。時間を切り取ったみたいだと思ったが、それは時が経《た》つほど、強く感じるものなのだと知った。

お祝《いわ》いの日《ひ》

（アニメ『約束《やくそく》のネバーランド』第《だい》1期《き》公式《こうしき》ＨＰ《ホームページ》掲載《けいさい》）

テーブルに広げられた写真を見ながら、エマは目を細める。

「ハウスは、逃げ出してきた場所なんだよね……」

顔のわからなくなってしまったその写真を手に取る。記憶は消えてしまったが、それでも写真の一枚一枚から伝わってくる空気に、エマは笑《え》みを浮かべた。

「でも、楽しいこともたくさんあったんだろうな」

弟妹達は、その言葉に大きく頷《うなず》いた。

「うん！　楽しかったよ！」

「いっぱい色んなことしたよね！」

「鬼ごっこに、隠れんぼに」

「クリスマス！」

「お誕生日会も……！」

口々に伝える兄弟達を見て、エマは自然と笑みがこぼれた。

「やっぱり楽しそう！」

どの遊びや行事も、今のエマには具体的な思い出がない。それでも、その言葉を口にする時の兄弟の笑顔を見ていると、つられるように心が浮き立った。

フィルはエマを見上げて、にこにこしながら話した。

「エマはね、クリスマスの時、いつも……」

＊　＊　＊

クリスマスイブのＧ　Ｆ《グレイス＝フィールド》ハウスは、ツリーやリースで明るく飾り立てられていた。暖かな遊戯室の中、子供達は誰もが待ちきれない様子《ようす》ではしゃいでいる。

「サンタさん、今年は何持ってきてくれるかな？」

10歳のエマは、サンタクロースが登場する絵本をフィルやコニーに読み聞かせながら、楽しそうに呟《つぶや》いた。

「僕、汽車がほしい！」

「えーとね、私はね……何でも嬉《うれ》しいなぁ！」

コニーはおっとりと笑う。

「エマは？」

妹に尋《たず》ねられて、エマは拳《こぶし》を握って答えた。

「プレゼントなしでもいいから、今年こそ、サンタさんに会いたい!!」

その言葉に、そばにいたノーマンが、声を漏《も》らして笑った。

「エマ、それ去年も言ってたよ」

「つか5歳の時から言ってる」

本を読みながら、レイが淡々と口を揃《そろ》える。エマは「えぇっ、そうだっけ!?」と二人へ顔を向けた。

「あーあ、会えないかな。直接ありがとうって言いたいなぁ」

エマはサンタの絵本を見つめ、もどかしげに口にする。

「僕もサンタさん、会いたい!」

「私も。サンタさんにも、プレゼントあげたいな」

フィルとコニーの言葉に、エマは大きく頷くと勢いよく立ち上がった。

「よーし、じゃあハウスを出たら、みんなでサンタさんに会いに行こう!」

エマの宣言を聞いて、弟妹達は、わぁっと歓声を上げる。

「ハァッ？　直接会いに行くのかよ!!」

突っ込んだレイに、エマは当然のように告げる。

「レイも行くんだよ」

「パス。絶対クソ寒い……」

「えぇ～！　みんなで行こうよ！」

二人のやりとりを聞いて、ノーマンが吹き出す。

「ははっ、エマらしいなぁ」

ベッドで眠って、おとなしくサンタクロースを待っていたりなんてしない。実在するともしれない遠いサンタの国へでも、エマなら本当にたどり着いてしまえそうだ。

「なぁ、雪降ってきたぞ！」

遊戯室に勢いよく入ってきたドンが、窓を指さして告げた。

「えっ！　ほんと⁉」

窓に駆け寄れば、くすんだ空の色に重なって、細かな雪がひらひら落ちていくのが見える。

「明日《あした》には積もるかな？」

「雪だるま作りたいね！」

エマは一面、白く染まった庭を思い浮かべる。それは想像の中の、サンタの国によく似ていた。

＊　＊　＊

兄弟の口から語られるクリスマスの一幕に、エマは笑い声を漏らした。

「私、そんなこと言ってたんだ」

サンタクロースに会いに行きたい。小さな子供のような願いだが、今話を聞いてもやっぱり、会いに行ってみたいと思えた。――今ここにいる家族で、みんなで。

ジェミマが、両手を胸の前に持っていき、呟いた。

「去年のクリスマスはね、プレゼントはいらないから、エマに会わせてくださいってお願いしたの」

「僕もだよ！　そしたら叶《かな》った！」

マルクが身を乗り出すようにして告げる。私も、僕も、と小さな兄弟達が次々声を上げるのを聞き、エマは胸がいっぱいになる。

「そっか……」

自分がこの小屋で長い冬を過ごしているあの間、自分の〝家族〟達は、そんな一生懸命になって、探し出そうとしてくれていたのだ。

「クリスマスの後は……」

顔を見合わせて、子供達は声を上げた。

「レイのお誕生日！」

名前を呼ばれると、レイは前髪の中で軽く目を見開いた。

＊　＊　＊

その日の昼食後、レイは読みかけの本が見当たらないことに気がついた。

自室も食堂も探したが見つからず、仕方なく新しい本を借りに図書室へ向かった。いつものようにドアノブをひねって、扉を開け、中に入る。

入った図書室には――ひらひらと雪が降っていた。

「………？」

「は……？　なんだ、これ」

レイは大きく目を見開いた。一面白く染まった図書室だったが、よく見れば床や棚を覆《おお》っているのはシーツで、降っているのは紙吹雪《かみふぶき》だ。レイは一枚を手のひらに受け止める。

その途端、大きな声が響き渡った。

「レイ、ハッピーバースデー!!」

図書室の二階部分から、大きな声とともに、兄弟達が一斉に紙吹雪をばらまいた。

白い雪が舞い散り、黒髪の少年を包む。レイは頭上から降《ふ》り注《そそ》ぐ紙吹雪を見つめる。その向こうには、兄弟達の笑顔が輝いていた。

(そうか……誕生日、か)

二階から下りてきて、エマとノーマンはレイに駆け寄る。

「すごいでしょ？　ノーマンが考えてくれたんだよ！」

「みんなで切って、作ったんだ」

ノーマンは手に取った紙吹雪を見せる。得意満面の二人を見返し、レイは口を開く。

「すごいけど……なんで雪？」

サプライズの意図がわからないレイに、エマが目を丸くする。

「えー!?　だってレイ、雪が降ったらいいなって言ってたんじゃないの？」

「そんなこと言ったか？」

思い当たることがない、とレイは首をひねったが、記憶をたどって気がついた。

「……ああ、あれか」

レイは先月に、何気なく呟いた言葉を思い出した。

今年はまだ一度もハウスに雪が降っておらず、外で遊んでいた弟妹達が物足りない顔で空を見上げていたのだ。雪合戦がしたいと言い合うアリシアとドミニク、そり遊びがしたいと話すロッシーとクリスティ。そんな姿を見ていて、言ったのだ。

『雪が降ったらいいな』と。

どうやらそれが、兄弟達の間を伝わっていくうちに、こうなったようだ。

「レイ、雪……嬉しくなかった？」

そばにやってきたコニーが、心配そうに見上げて尋ねる。その顔にレイは前髪の奥で薄く笑う。

「いや、嬉しいよ。ありがとうな」

その表情に、エマもノーマンも顔を見合わせて笑みを交《か》わした。

「じゃ、あらためて！　レイ、10歳のお誕生日おめでとう～!!」

そう叫んで今一度、エマ達はすくい上げた紙吹雪で今日《きょう》の主役を祝福した。

＊　＊　＊

「レイは一月生まれなんだね！」

エマにそう言われ、レイは少し黙ってから、「ああ」と頷いた。自分に言い聞かせるように呟いた。

「俺の誕生日は、一月十五日だよ」

「遅くなっちゃったけど、おめでとう！」

エマはそう言って笑いかけた後、レイの顔を見て、それから周《まわ》りの兄弟達を見渡して、おずおずと尋ねた。

「みんな……私の誕生日、いつか知ってる？」

自分を指さして問うエマに、兄弟達は声を揃えて答えた。

「もちろんだよ！」

そう答える子供達の頭の中にはすぐに、明るい夏空と日の光、そしてハウスの庭に咲き誇ったヒマワリの花が浮かんだ。

＊　＊　＊

「んー！　いい天気！」

真夏の日差しがハウスの屋根をきらめかせる。抜けるような真《ま》っ青《さお》な空の下、エマは兄弟達とともに庭に駆け出た。

「エマ!」

名前を呼ばれて視線を下げると、幼い弟が立っていた。

「フィル、どうしたの?」

身を屈《かが》めたエマに、フィルは笑顔のまま、ぱっとその場を駆け去る。

「こっち来て!」

「?」

先に走っていくフィルの後を、エマは不思議そうに追っていく。フィルの姿は、ハウスの角を曲がって見えなくなった。

ハウス周囲の一隅には、ママが手入れをしている花壇がある。今は背の高いヒマワリの花が、数えきれないほど咲き誇っていた。フィルを追って角を曲がったエマの前には、その黄色の花だけが広がっていた。

「あれ? フィル?」

その時、がさがさっとヒマワリが動いた。びっくりしてエマが視線を向けると、そのヒマワリの陰《かげ》から、隠れていた兄弟達が一斉に飛び出してきた。

「エマ、お誕生日おめでとうー!!」

フィルが持っていたヒマワリの花束を、エマに差し出す。

「わぁ！　みんな、ありがとう！」

ヒマワリの花束を受け取り、エマは歓声を上げた。花束を高々と掲《かか》げ持《も》って、エマは兄弟達の中にいる親友二人に向かって叫ぶ。

「ノーマン、レイ！　私今日、誕生日だった！」

「あはは、そうだよ？」

「やっぱり忘れてんじゃねーか」

嬉しそうな最年長の姉の顔を見て、ジェミマとアンナが笑い合う。

「良かったぁ、ママとお世話してたけど、間に合わないかと思ってたから」

「すごい綺麗《きれい》に咲いたね！　花束にしちゃうのもったいないくらい！」

エマは背伸びして、花壇の方のヒマワリに触れる。そんなエマにギルダが明かした。

「ふふ、ヒマワリの花壇でお祝いしようって、フィルのアイディアなのよ？」

「えっ、そうなの？」

エマは小さな弟を振り返った。フィルは元気いっぱいに頷いた。

「うん、エマってヒマワリみたいだもん」

「そうかな？」

「見てるとね、元気になる！」

弟の言葉に、エマは満面の笑みになった。

「ありがと、フィル！」

「あーあ、来年もエマの誕生日、お祝いしたいなぁ」

今年エマは11歳になった。ハウスにいられる期限は今年までだ。残念がるフィルに、エマはしゃがんで視線を合わせる。

「じゃあ私、来年の今日フィルに会いに来るよ！」

思いがけないエマの言葉を聞き、弟は目を丸くする。そばで聞いていた兄弟達もだ。

呆《あき》れ顔《がお》で、レイが突っ込む。

「お前……どんだけ祝われたいんだよ」

「ええーいいでしょ？　レイも来てよ！　ノーマンも！」

「ふふ、うん。わかった」

エマと兄弟達のやりとりを聞いて、ノーマンはおかしそうに笑う。今年が最後だと思っていたフィルは、また来年の楽しみができて、嬉しそうに飛《と》び跳《は》ねた。

「わぁ！　じゃあ僕ね、またプレゼントいっぱい用意して」

姉を見上げ、フィルは花咲くように笑った。

「待ってる！」

＊　＊　＊

「そっか、私の誕生日は夏なんだね」

エマは自分の誕生日の日付を繰《く》り返《かえ》し、これからやってくる季節のことを思い描いた。爽《さわ》やかな風と眩《まぶ》しい日差しの季節は、エマにとっては一年の中でも、とびきり心浮き立つ時期だった。自分の誕生日は、夏なのか、とエマはもう一度繰り返して相好《そうごう》を崩す。

「楽しみだな」

フィルはエマのその顔を見て、嬉しそうに告げる。

「ずっとエマのお誕生日お祝いできないままだったから、今年は今までの分、うーんとお祝いしないと！」

頷き合う子供達にエマはくすぐったく笑い返す。

「ありがとう」

それから、テーブルを挟んだノーマンの方を見た。

「ノーマンは？」

エマに問われて、ノーマンはわずかに目を見開く。自分の名前が呼ばれると思っておらず、声を漏らした。

「え？」

「誕生日、いつ？」

ノーマンは目じりを下げて答えた。

「僕の誕生日は、実はこないだだったんだ」

「えっ、そうだったの？　おめでとう！」

エマは一度目を丸くすると、お祝いの言葉を口にする。その表情を、ノーマンは眩しそうに見返す。

「ありがとう」

ノーマンは微笑《ほほえ》んだ。もう一度、誕生日を祝い合える時が来たのだと、噛《か》みしめるように思う。

あの時、ハウスを旅立つ道を選ぶまで、毎年毎年目の前にいる少女が、兄弟とともに自分の誕生日を祝ってくれていた。

ノーマンは幼いエマの屈託のない声を、すぐに思い出すことができた。

＊　＊　＊

「えっ、ノーマン、風邪《かぜ》なの？」

作っていた折り紙の飾りを取り落として、幼いエマは立ち上がった。遊戯室にやってきたイザベラは、駆け寄ってきたエマの前に膝《ひざ》をつく。

「ええ、そうみたいなの。熱も上がってきてるから、今日のお誕生日会は難しいわね」

眉《まゆ》を下げたイザベラの周りに、エマ以外の兄弟達も次々と集まってくる。

三月二十一日。今日はノーマンの6歳の誕生日だった。

「ノーマン、お誕生日なのに可哀想《かわいそう》……」

「元気になったら、お祝いする？」

言い交わす兄弟達の輪から、エマは抜け出す。そしてレイの服を引っ張った。

「レイ、またあれ使えないかな？」

本を読んでいたレイは、エマが言っているものが何なのかわかった。無表情のまま頷き、本を閉じると立ち上がった。

夕食後、エマはイザベラを呼び止めた。

「ママ、ノーマンにおめでとうだけ言いたいな」

紙コップを持ってきたエマに、今日はイザベラもだめとは言えなかった。

「仕方ないわね」

コップの片方を持ち、イザベラが医務室の扉を開けて中に入る。中を心配そうに、エマが覗《のぞ》き込《こ》む。

糸電話は、風邪を引いたノーマンが医務室でひとりぼっちなのが可哀想、と前にエマとレイとが考えた方法だった。

イザベラが出てきて、扉を閉める。持っていた糸電話の糸が、室内から引っ張られてぴんと張ったのを確かめ、エマはコップに口を近づけた。

「ノーマン、聞こえる?」

コップの中に呼びかけ、エマは今度はそれに耳に押し当てる。

「聞こえるよ、エマ」

糸を伝って、ノーマンの声が届く。エマはぱっと笑顔になる。大きな声で呼びかけた。

「待っててね。……みんな集まってー!」

「ノーマン、ちょっと耳離しておいた方がいいぞ」

対照的に淡々としたレイの口調は、その表情まで浮かぶようだ。小さく笑った拍子に、少し咳《せき》が出る。ノーマンは耳にくっつけていたコップを遠ざける。

その途端、糸を震わせて大声が響いた。

「ハッピーバースデーノーマン‼」

糸電話のコップから、そして隔《へだ》てている扉すらものともせずに、兄弟達の元気のいい声が聞こえてきた。ノーマンは大きく目を見開く。

「ノーマン、聞こえた？」

糸電話から、エマの声が届いた。ノーマンは微笑み、コップに口を近づける。

「うん、聞こえたよ。ありがとう、みんな」

誕生日当日に風邪を引いてしまったノーマンが、真っ先に思ったのは、きっとお祝いしようと張り切ってくれている兄弟達をがっかりさせてしまうだろうということだった。

それでもみんな、こうして糸電話越しでも祝おうとしてくれた。糸を伝って聞こえてくる楽しそうな様子が、ノーマンには一番嬉しかった。

いつも医務室にいる時には、この糸電話が兄弟と自分とを繋《つな》いでくれた。小さな頃、これを作ってくれたのはエマとレイだ。

「…………」

出荷の夜、ノーマンは空《から》っぽのトランクに、思い出の糸電話を入れた。

＊　＊　＊

ノーマンは目を伏《ふ》せた。

あの時は、諦《あきら》めた。ハウスの夜、出荷を選んだ日。もう二度と、自分はエマから誕生日を祝われることはないのだと思っていた。

けれど今度は、諦めなかった。どんなに果てしなく思えることでも、エマがこの世界のどこかにいるのなら、見つけ出すと決意していた。

二年もかかってしまった、とノーマンは不甲斐《ふがい》なく胸の内で自嘲《じちょう》する。

「ごめんね、ノーマン」

回想の合間にエマの方から謝られ、ノーマンははっと我に返る。エマは申《もう》し訳《わけ》なさそうに笑って、頬《ほお》を掻《か》いた。

「プレゼントになりそうなもの、何もなくって」

エマは周りの兄弟にも、同じように苦笑を向けた。

「今までの私はきっと、毎年忘れず、みんなの誕生日お祝いしてたんだよね。みんなもごめんね」

そんなふうに言われると思っておらず、兄弟達は大きく首を振る。

「全然気にしてないよ！」

「僕達も、エマにプレゼントあげれてないもん」

ノーマンは温かな声音《こわね》で呟いた。

「君が見つかったのが、十分すぎるくらい、僕達には贈り物だよ」

その言葉に、兄弟達は同意する。ギルダもドンも、アンナもナットも、エマの方を見て笑っていた。

「うん、ノーマンの言う通りだよ」

「エマとまた会えたのが、一番のプレゼント！」

エマは笑顔を浮かべる兄弟達を見返し、意気込むように口を開いた。

「みんなの誕生日も教えて！　私、絶対忘れないから！」

兄弟達は次々に自分の誕生日を言う。エマはメモも取らず、本当に耳で聞いただけで、全員の誕生日と何歳になるのかを覚えていった。

嵐《あらし》の夜《よる》の大《だい》作《さく》戦《せん》

（アニメ『約束《やくそく》のネバーランド』第《だい》1期《き》
Blu-ray《ブルーレイ》&DVD《アンドディーブイディー》 Vol.《ボリューム》1特製《とくせい》ブックレット掲載《けいさい》）

お祝いの思い出話だけで、話題は尽《つ》きなかった。エマは兄弟達の語る微笑《ほほえ》ましい出来事やハプニングに、表情をくるくる変え、息を弾《はず》ませるほど笑った。

「あはは、面白い！　そんなことあったんだ」

大きな笑い声が聞こえてきて、テラスにいた老人は目を細める。雪で傷《いた》んだ家の修繕を行いながら、中から聞こえてくる賑《にぎ》やかな笑い声に耳を傾けた。

「他には？　ハウスで、どんなことがあったの？」

エマは楽しそうに尋《たず》ねる。記憶はなくても、ハウスの出来事はどれもエマの胸を躍《おど》らせた。

「えっとね……あ、すっごい嵐が来たことがあって！」

「あったあった！　雷も鳴ってて」

ジェミマの言葉に、アリシアも大きく頷《うなず》く。その嵐と雷の夜のことを話題に上げると、他の兄弟達も興奮気味に口を開いた。

「怖《こわ》かったけど……でも楽しかった！」

「テント作って」

「影絵したり！」

「楽器鳴らしたり！」

年少の子供達が告げる内容に、エマは首をひねった。

「嵐の夜に？」

弟妹達はいたずらっぽく顔を見合わせ、その夜のことを話し始めた。

＊　＊　＊

その日は朝から、ハウスの敷地へ強い風が吹いてきていた。

森の木々が音を立てて揺れ、頭上の雲がせわしなく流れていく。

「うわっ、すごい風！」

午後の自由時間、外へ出ていたエマは、吹きつける風に声を上げた。明るいくせ毛が、普段よりさらに自由奔放《ほんぽう》になびく。突風に煽《あお》られてよろめいているフィルを、エマは慌《あわ》ててキャッチする。

「なんか、怖いくらいね」

アンナが髪を押さえ、不安そうに空を見つめた。そのそばで、ボールを持ったままマルクとナイラも風の音に身をすくめている。

「なぁ、こんだけ風強かったら……」

「もしや俺ら、飛べんじゃね⁉」

トーマとラニオンが自分の体が浮き上がってしまいそうな風に、興奮気味に言《い》い交《か》わす。

両手を広げると、叫びながら丘を駆け回った。

「んなわけあるか」

木にもたれ本を読んでいたレイが、弟達に淡々と突っ込む。そのタイミングでひときわ強い風が吹き、バラバラッと音を立ててページがめくれた。

「あっ、くそ」

読んでいたページを見失い、レイは舌打ちする。

「これ、けっこう荒れそうな空だね」

そばにやってきたノーマンが上空を見上げて呟《つぶや》いた。着ているシャツが、風を受けて煽られる。レイも首肯《しゅこう》した。

「だな。もう降り出しそうだ」

風が吹いてきている北東の空は真っ黒な雲に覆《おお》われている。すぐにその雲は、ハウスの方へ流れてくるだろう。レイは本を閉じると立ち上がった。

「みんなにハウスに戻るように言うか」

ノーマンは一つ頷くと、弟妹達と駆け回っているエマに声をかける。

「おーい、エマー！　今日《きょう》はもう戻ろう！」

ノーマンの声に、エマは急ブレーキをかける。

「うん、わかったー！」

ノーマンとレイのもとへ駆けつけようとしたエマの上に、突如《とつじょ》、白い塊《かたまり》が降ってきた。

「うわっ⁉」

「⁉」

レイとノーマンも、突然のことにぎょっと目を見開く。

エマを頭からすっぽり包んだのは、風で飛ばされてきたシーツだった。

「エマ、大丈夫？」

シーツを掻《か》き分《わ》けるようにして、ノーマンが埋もれたエマを助け出す。

「びっくりしたぁ……」

「はは、エマ、ナイスキャッチー」

本を小脇《こわき》に挟んで、レイがからかい笑う。

「もうっ！　レイも畳《たた》むの手伝ってよ！」

抱《かか》えたシーツは、すぐまた風に乗って広がってしまう。エマとノーマンが、端を持って折り畳んでいく。

「エマー！　ママが、みんなで洗濯物取り込んでってー」

ハウスの方を見れば、ギルダが手を振って声を張り上げていた。その横ではドンが倒れそうになっている物干《ものほ》し台を片づけていた。

「今行くー！」

他の兄弟達も、ギルダの呼びかけに、駆けつける。洗濯をした時はまだ風が強いだけで晴れていたのが、今ではすっかり雲行きが怪しい。

ゴォオッと唸《うな》りを上げて、突風が吹き抜ける。

「わっ」

入ろうとした扉の前で、コニーが風に倒されそうになった。転倒しかけたコニーを、後ろにいたエマが支える。

「コニー大丈夫⁉」

「あっ、リトルバーニーが！」

手から落ちたウサギのぬいぐるみが、風に吹かれて転がっていってしまう。

「つーかまえたー！」

勢いよく走り出したドンが、遠くへ行ってしまう前にリトルバーニーを颯爽《さっそう》と捕獲した。

「リトルバーニーくらいなら、マジで飛んでっちまいそうな風だなぁ」

ドンはぬいぐるみの汚れを払うと、妹の手へと返した。コニーは大事なぬいぐるみを、今度は風に奪われないようにぎゅっと抱きしめる。

「ドン、ありがとう」

お礼を言うコニーに、ドンは得意げに笑い返した。


日の入りまでまだ時間があるはずなのに、辺《あた》りはすっかり暗くなっていた。洗濯物を取り込み終え、みんながハウスに戻った頃には薄暗くなり、まるでもう夜のようだ。

「あ！　雨降ってきた！」

夕食の支度《したく》をする時間には、外はいよいよ荒れ模様となった。

激しく降り出した雨が、横殴《よこなぐ》りにハウスの窓ガラスを打つ。

いつもなら和《なご》やかで楽しい夕食なのだが、外の物音が気になって年少の子供達は落ち着かない。

「お天気悪いね……」

「……風の音、怖いなぁ」

夕食の片づけをしている間、トーマとラニオンは窓に張りつき、外の様子《ようす》を飽きることなく観察していた。

「おお、雨、すっげー」

「風も昼間より強くなってる！」

覗《のぞ》いていた窓ガラスをけたたましく雨粒が叩《たた》き、二人は思わずのけぞる。

ビュォオオと森を抜けていく風は、甲高《かんだか》い悲鳴のようにも地響きのようにも聞こえる。

「ねぇこれ本当に風の音かな？　なんか、オバケの声みたい」

聞こえてくる不気味な音に、ナットが顔を引きつらせる。

「怖いこと言わないで～」

それを聞いて、洗った食器を運んでいたジェミマが悲鳴を上げる。

「みんな、大丈夫だから。トーマ、ラニオンも、ほら片づけ手伝って」

ギルダが声をかけ、嵐に夢中になっている弟達を促《うなが》す。

「ふぅ……」

ギルダは小さく息をつく。

確かにこれだけ天気が荒れるのは珍しい。年上としていつも通り振る舞っているギルダも、時折手を止めて、心配そうに外の音に耳を澄ませていた。

「ねぇ、お外すごいね」

「ママ、雨いつ止《や》むの？」

心細そうに身を寄せる幼い子供達に、イザベラは頭を撫《な》でて答える。

「大丈夫、すぐに止むわ」

イザベラは笑顔で答えたが、窓の外を見る顔は、一瞬だけ険《けわ》しくなった。子供達には安心させるようそう言ったものの、この空模様ではすぐに嵐が去るとは思えなかった。


全員が入浴を終え、それぞれの部屋へ戻る頃だった。

相変わらず激しい暴風雨の音が響いている。それに混ざって、低く、重たい音が聞こえ始めた。

「雷……？」

部屋で、嵐に怯《おび》えるフィルやマーニャと一緒にいたエマは、その音を聞いて窓の方へ顔を向けた。

その時だ。外の暗闇《くらやみ》を、鋭く白い光が照らした。

エマは、ヒビのように夜空を走る稲妻《いなずま》を見た。

「光った！」

エマが口走った瞬間、バリバリッと大きな雷鳴が響き渡った。

「うわぁあんっ!!」

途端に年少組が、悲鳴を上げて泣き出した。

「雷怖いよぉっ！」

間髪《かんはつ》容《い》れず、立て続けに間近で雷鳴が炸裂《さくれつ》する。ハウスを揺らすほどの音に、エマも思わず身をすくませた。

音が鳴ると同時に、部屋の明かりがぱっと消えた。

「うわ！　真っ暗！」

闇に包まれた部屋の中、ますます悲鳴は大きくなった。

「エマ〜！」

「大丈夫だよ」

ぎゅっとすがりつくフィルとマーニャの姿を、エマは手探りで確認する。うっすらと窓の形が浮かび上がっているだけで、室内は目を凝《こ》らしても何も見えない。

「エマ、どこにいるの？」

「ギルダ、こっち！」

声を張り上げたところで、部屋の扉が開いた。

「エマ、大丈夫か？」

扉から差し込んだ光が、室内をうっすらと照らす。

「レイ！」

廊下には、カンテラを持ったレイが立っていた。もう片方の手でコニーの手を繋《つな》ぎ、同じ部屋のメンバー達で固まっている。

カンテラ一つ分の光だが、視界を取り戻すことができて、エマはほっと安堵《あんど》の息を吐いた。

レイは落ち着いた声で告げる。

「すぐママが来るはずだけど、今はカンテラが一つしかないから、この部屋に集まるぞ」

「ノーマン達は？」

エマが尋ねるのと同時、廊下から聞《き》き馴染《なじ》んだ声が響く。

「エマ、レイ」

「ノーマン！」

レイの持つ明かりを頼りに、ノーマンが同室の兄弟達を連れてやってきた。ぴったりと抱きついた弟妹達をあやし、ノーマンは天井へ視線を向ける。

「停電なんて初めてじゃない？」

「ああ、すぐ戻ると思うけどな」

レイはそう告げ、窓の方へ視線を向ける。よほど近くに落雷したようだ。

「とりあえず、みんなこっちの部屋に集まろう」

エマの部屋に全員が集まり、光が届く場所に身を寄せ合った。薄暗い中、ゴロゴロと雷の音が絶《た》えず響き、子供達は恐怖で涙を浮かべている。

「みんな、大丈夫だよ。嵐なんてすぐどこかに行っちゃうよ！」

元気づけるエマだったが、その声も外の暴風と雷の音にかき消され気味だ。レイが溜息《ためいき》をつく。

「電気、なかなか戻らないな」

「どうする？　カンテラ、予備のもの取ってこようか？」

ノーマンが声を発したところで、階段を上がってくる足音が聞こえた。

「みんな、大丈夫？」

開けたままの扉から、イザベラが顔を見せた。

「ママ！」

子供達がイザベラのもとへ駆け寄っていく。両手に二つずつ持っていたカンテラを、イザベラは一つを残してエマ達へ託した。

「みんなここにいるよ」

エマの答えに、イザベラは笑《え》みをたたえる。

「そう。良かったわ。電気が戻るようにしてくるから、待っててね」

「ママ、行かないで～！」

ニーナやビビアンら、小さな子供達がイザベラのエプロンをぎゅっと握る。

そのそばに、ノーマンが膝《ひざ》をついた。妹達に優しい声で言い聞かせる。

「みんな、一階には赤ちゃん達がいるから、ママはずっとここにはいられないよ」

ぐすっと鼻をすすっていた子供達も、自分より小さな弟や妹達のことを考え、健気《けなげ》に頷いた。

「わかった……」

「ママ、赤ちゃん達と一緒にいてあげて」

イザベラは微笑み、幼い子達の頭を一人ずつ撫でる。

「ありがとう。みんな優しいわね、偉いわ」

褒《ほ》められて、集まった泣き顔が少しだけ誇らしげにほころぶ。

イザベラはカンテラを持ち直すと、全員を見渡し、それから最年長の三人へ視線を向けた。

「エマ、ノーマン、レイ。みんなのこと、お願いね」

エマは暗がりの中でもわかるほど、満面の笑顔で答えた。

「うん！　大丈夫！」

イザベラは踵《きびす》を返し、階段を下りていく。

「みんな怖くないよ」

エマがそう言った瞬間、窓からの雷光で、部屋が一瞬白く浮かび上がった。一拍も置かず、空が割れるような轟音《ごうおん》が響いた。

「うわぁあああっ!!」

「死んじゃうよぉ〜〜!!」

パニック状態に陥《おちい》っている弟妹達を、エマは必死になだめる。

「し、死なないよ、大丈夫！」

びぇぇっと泣き出す声の中、ドンの声が聞こえた。

「ははっ……お、おい、みんな、落ち着けよ。ビビりすぎだって！」

笑い飛ばしたドンだったが、その足は隠しようもないほどブルブルと震えていた。片手はそばにいたレイのシャツをがっちりと摑《つか》んでいる。

「……ドン、おい手ぇ放せ」

うんざりと、レイはそれをすげなく払い落とす。

「お前ら、なんで雷も平気なんだよ～！」

最年長三人を指さしたドンに、それぞれ、きょとんとしたまま答える。

「建物の中にいて、落雷で死ぬ確率とかほぼゼロだからな」

「だね。火災とか起こらない限りは安全だよ。第一、雷鳴を聞いてる時点で、すでに放電は終わってる状態だから。怖がってもあんまり意味ないと思うよ？」

「おっきい音は、びっくりするけど……びっくりするだけかな!!」

レイは淡々と、ノーマンは穏《おだ》やかに、そしてエマは元気よく答えた。

ドンはがくりと膝をつく。その肩に、ギルダが同情するように手を添える。

「ドン……この三人から共感を得るのは、諦《あきら》めた方がいいわ」

神経系の出来が違うから……とギルダは眼鏡《めがね》を持ち上げて嘆息《たんそく》する。

「うーん。でもみんな怖がってるから、雷が平気になる、何かいい方法ないかな？」

泣きじゃくる弟妹達の姿を見て、エマは首をひねった。

思案するエマに、ノーマンが伝える。

「ねぇエマ。こんなのどうかな？」

ノーマンはエマに、その〝作戦〟を耳打ちする。続いて、レイにも同じように聞かせる。

「わ！　それいいね!!」

「あー、それならなんか使えそうな本あったな」

頷き合った三人は、さっそく行動を開始する。

「ドンとギルダも、手伝ってほしいんだけど」

ノーマンから告げられた内容に、二人とも顔を輝かせた。

「うん、わかった」

「おお、名案じゃん！　さすがノーマン！」

親指を立てたドンに、ノーマンは笑顔で言う。

「じゃあ、ドンは音楽室に行ってきて」

「……あ、いや、ちょっと一人では」

「もうっ！　ドン！」

肩をすぼめたドンを、ギルダが叱咤《しった》する。結局ギルダも一緒に音楽室へ向かうこととなった。二人は、カンテラを持って廊下へ出ていく。

「エマはみんなと一緒に、部屋の準備をしてて。僕とレイとで、必要なもの揃《そろ》えてくるよ」

「わかった」

カンテラを掲《かか》げて、エマは部屋に残った弟と妹を見渡す。

「よーし、みんなベッドをずらすよ！　真ん中に広い場所作って」

「エマ、何するの？」

アンナが不思議そうに首を傾《かし》げる。エマはいたずらっぽく笑う。

「嵐の夜の大作戦だよ！」


エマを中心に、みんなで中央のベッドを窓側と扉側とへ分けて寄せていく。

「よいしょっと、エマ、これでいい？」

「うん！　これだけ広ければ大丈夫！」

額《ひたい》の汗を拭《ぬぐ》ったナットに、エマが頷き返す。

「これも使えるかな？」

エマは閃《ひらめ》き、それぞれのベッドからシーツを外《はず》した。ついでにベッドのマットも次々と床に下ろす。

「エマ、お待たせ」

戻ってきたノーマンとレイは、その手に昼間干していたシーツを何枚も持っていた。

「これを使おう」

「干し直せるから、ちょうどいいかもな」

シーツ同士の端を結んで伸ばすと、レイとノーマンは窓枠や壁のフックを使って部屋に渡す。渡したシーツをロープ代わりに、さらにシーツを掛けて垂らす。

部屋の中央には、シーツで囲まれた空間ができていった。

「うん、いい感じ！」

「ねぇ、エマ達、何してるの？」

「ふっふっふー、何だと思う？」

泣きべそ顔の年少組も、楽しそうに何か始めた姉達の姿にだんだん興味を引かれていく。

「でーきた！」

エマはばさりと、最後の一枚を広げた。出来上がったものを見て、子供達が歓声を上げた。

「わぁ！　シーツのお家《うち》だ！」

「すごーい！」

「知ってる！　こういうの、テントって言うんだよ！」

シーツをめくって、全員中に入る。白い布に囲まれた空間は、普段暮らしているハウスの部屋とはまったく違う場所のようだ。

「ほら見てて」

そう言いながらノーマンは、真ん中に集めたカンテラに、その手をかざした。その視線の先にあるシーツに、弟妹達は注目する。気づいたフィルが大きな声を上げた。

「あっ！　鳥だ！」

翼を広げた鳥の影が、シーツに浮かび上がっていた。ノーマンが組んだ両手を動かすと、鳥はまるで生きているように羽ばたいた。

「わぁ！」

子供達は影絵遊びに歓喜する。

「もっとやってー！」

「じゃあ、レイが作ってるのは、なーんだ？」

ノーマンがシーツのスクリーンを指さす。

レイがカンテラの前に手を置いた。両手を組み、素早く動かす。

「あっわかった！　犬！」

簡単な影絵だが、動かし方が上手《うま》いので生き生きした姿として映し出される。

「次は？」

「猫！」

「ウサギ！」

「あっ、ゾウ！」

「キリンだ！」

次々に手の形を組み替えて、レイは動物を生み出していく。すごいすごい、と小さな観客達は拍手喝采《かっさい》する。

ぽかんとして、エマはその手際《てぎわ》を眺めていた。

「レイそれ、いつ覚えたの……？」

「今」

答えたレイが膝に乗せているのは、影絵のやり方を紹介する本だ。複雑に指を組み合わせないと作れないものも多く、ぱっと見ただけでこんなあっさりと再現できそうにない。

「き、器用……」

エマは相変わらず何でもこなす兄弟に、圧倒されながら呟く。

レイの手元を見て、イベットが指を動かす。

「面白い！　ねぇ、どうやって作るの？」

「僕もやりたい！」

やり方を教えてもらいながら、弟妹達も動物を作ったり、自分達で工夫して新しい形を投影させたりする。

「ねぇ、見て！　ビー玉使うと、透《す》けるよ」

「チェスの駒《こま》も、本物のお城みたい」

それぞれベッドサイドにあったおもちゃを、光にかざして遊び出す。光源に近づけたり遠ざけたりするだけで、影の大きさが変わり、アイディア次第でいくらでも楽しめる。

「良かった。これでちょっとは気がまぎれるよね」

「こういう遊び、暗くないとできないからね」

ほっとしているエマに、ノーマンも笑いかける。そんなノーマンに、レイが口の端で笑って布に触れた。

「シーツ張ったのは、少しは音が伝わりにくくなる、っていうのもあるからだろ？」

レイに指摘されて、ノーマンはちょっと驚いた顔をした。それからすぐ、いつものように穏やかに笑った。

「レイ、買いかぶるなぁ」

「え!?　そうだったんだ！」

エマは四方に張《は》り巡《めぐ》らせたシーツを見渡す。確かにこうして布を張れば、遊びに使えるだけでなく、外からの音を軽減させる効果も得られるだろう。

それでもゴロゴロッと外から低い音が鳴れば、遊んでいた子供達はすくみ上がった。

「まだ雷聞こえるよぉ」

不安そうにシェリーがエマに訴えた時、ドンとギルダが大きな箱を持って帰ってきた。

「音楽室から、楽器持ってきたよ！」

二人が抱えてきた箱には、様々な楽器が詰まっていた。

「ありがとう！」

エマは箱の中から、一つ取り出す。

「怖い時は、こうしたらいいよ」

稲妻が走ったタイミングで、エマがタンバリンを打ち鳴らす。するとちょうど、雷鳴にその音が重なり合った。

「あ！」

「今、雷の音、怖くなかった！」

ノーマンが指を立ててアドバイスする。

「ピカッて光ったら、鳴らしてみて」

シーツ越し、外の稲光《いなびかり》がさっと部屋を照らす。エマが大きな声で叫んだ。

「今だ！」

ぎゅっと目を閉じながらも妹弟達は、光に合わせてベルやカスタネット、おもちゃのラッパを鳴らした。

「すげー！　雷と合奏してるみたいだ！」

小さな鉄琴《てっきん》を叩いたラニオンに、ベルを持ったトーマも大きく頷く。

「雨や風の音も使えるな！」

一気に賑やかになったシーツのテントの中、ドンが叫んだ。

「おーっし、外の音に負けないくらい、鳴らしまくるぞ！」

そう言うと、ドンは思いっきりシンバルを鳴らした。けたたましい音に、全員が両手で耳をふさぐ。

「ドン、うるさーい！」

弟妹達に怒られ、ドンは「わ、悪い……」と頭を掻いた。その情けない表情に、みんなが笑い出す。


気づけば泣いている子は、誰もいなくなっていた。

エマはその様子に、嬉《うれ》しそうに笑みを浮かべる。

もしまた雷が鳴るような日が来れば、今度はきっとみんなの中には、今夜の楽しい思い出が蘇《よみがえ》ることだろう。

一人、また一人と、小さい子から順に、遊び疲れて眠り始めた。枕を集めて、今夜はそのまま、部屋の真ん中で眠ることにする。

「みんなでくっついて寝よ」

「みんなでいれば、怖くないね」

「うん。怖くない」

肩をくっつけて、兄弟達はくすくすと笑い合う。

普段、同じ部屋で寝ている顔ぶれも、それぞれのベッドがあるので、こうして身を寄せ合って眠るのは新鮮だ。お互いの体温がそばにあって、ほっとする。

「ねぇエマ」

そばで枕に頭を預けていたフィルが、エマのシャツを引く。

「明日《あした》になったら、お家どっかに飛ばされちゃったりしないかな？」

この前、ママが読み聞かせていた物語に、ちょうどそんな場面があった。竜巻によって、主人公の女の子は家ごと不思議な国に飛ばされてしまうのだ。

フィルの言葉に、エマは安心させるように笑いかけた。

「そしたら、みんなで力を合わせてまたここに帰ってこよ！」

そう言って、小さな弟をぎゅっと抱きしめる。

「うん！」

目を閉じたフィルは、すぐに安心したように寝息を立て始めた。エマは身を起こし、シーツの囲いの中を見渡す。

「良かった……みんな寝られたみたい」

エマは囁《ささや》き声《ごえ》で呟いた。

「うん……雷も、だいぶ遠ざかったみたいだ」

光ってから音までの間隔を、ノーマンはずっと数えていた。今は光から雷鳴までが8秒……。

「2・7キロってところか」

このペースで遠ざかれば、もう落雷の心配は少ないだろう。

風の音もだんだんと収まってきた。

「俺らも寝ようぜ」

レイが、カンテラを一つだけ残して、他を吹き消す。仄《ほの》かな光だけになったそこで、三人並んで寝転がった。

ぼんやりと橙色《だいだいいろ》に染まった天井を見て、エマがふふっと笑い声を漏《も》らす。

「なんか、楽しいね。こうやってみんなで寝てると、どこか違うところに来たみたい」

胸の上に本を置いて、レイはあくび混じりに返す。

「はぁ……のんきだな」

ノーマンは隣を一瞥《いちべつ》し、微笑む。

「エマはほんと、どんな時も元気だよね」

その言葉に、エマはばっと跳《は》ね起《お》きた。

「ううん！　二人が……みんながいるから、嵐だって平気に思えるんだよ！」

しーっとレイが口元に指を当てる。

「わかったから寝ろって！」

雷よりうるさい、と、眉《まゆ》を寄せてレイがぼやく。

「うん、エマの言う通りだ。僕もそうだよ」

ノーマンは頷き笑う。エマは笑顔のまま、枕に頭を預け、目を閉じた。

静まり返ると、さすがに遠雷と風音は聞こえてきた。不安を煽るような音だったが、もうさっきほど、それは気にならなかった。

そばで聞く兄弟達の寝息が、心を安らかにさせた。それに耳を傾けながら、エマ自身もうとうとまどろみ始める。

ものの五分と経《た》たずに、エマは寝息を漏らし始めた。

「寝た……」

レイが横目で見て、呟く。ノーマンが苦笑混じりに、薄闇の中で囁いた。

「ふふ。レイも、おやすみ」

「ああ」

言い交わして目を閉じる。レイもノーマンも、同じことを感じていた。

それぞれの部屋のベッドへ分かれてから、こんなふうにそばで眠ることは、すっかりなくなっていた。目を閉じれば、その息づかいがわかる距離だ。

たとえ、どんな恐ろしい嵐の夜であっても、こうして家族が、仲間が、そばにいれば怖いものなど何もない。

一緒にいれば、ただただ安心できて、心地良かった。そんなふうに、思えた。

真夜中過ぎ、イザベラはカンテラを持って二階へ戻ってきた。

様子を見に覗いた部屋は、幾重《いくえ》にも重なって、シーツのカーテンが作られていた。

「あら」

そっとめくって、イザベラは中を覗く。

シーツに囲まれた部屋の真ん中で、子供達はみんなで身を寄せ合って眠っていた。その穏やかな寝顔を一人ずつ確かめ、イザベラは顔をほころばせた。

「ふふ、おやすみなさい……」

イザベラは、ノーマンとレイの肩にシーツを掛け直し、エマの髪を優しく撫でると、部屋の扉を静かに閉めた。


翌朝、真っ白なシーツを透かして、眩《まぶ》しい朝の光が差し込んだ。

鐘《かね》の音《ね》でいつものように目覚めたエマは、周《まわ》りに大好きな兄弟達が全員揃っているのを見て、とびきりの笑顔を浮かべた。

「みんな！　おはよう!!」

＊　＊　＊

外は気持ちのいい青空だったが、エマは真夜中の唸る風や雷の音が蘇ってくるような心地がした。もちろん、記憶として思い出せるわけではない。けれど、兄弟の口から語られる言葉から、その夜がどんなだったかありありと思い描くことはできた。

「またシーツでテント作ったりしたいな！」

「嵐来ないかなぁ」

「もう、来たら困る！」

わくわくした表情になるトーマやラニオン達を、ギルダが眉をつり上げて叱《しか》る。

ドンが思い出したように、窓の外を見た。

「そうだよなぁ……こっちの世界は、戦争だけじゃなくて、災害で住めなくなった地域もたくさんあるんだもんな」

それを聞いて、トーマ達も顔を見合わせる。

「……そうだね」

エマが今住んでいるこの場所も、地図からはすでに消えてしまった土地だった。

渡ってきたこの人間の世界は、大きな戦争が過ぎ去った後の世界だった。国境が撤廃《てっぱい》され、人類は傷を抱えた中で歩み出そうとしている最中だ。

「ほんとに、見つかったの、奇跡だよな」

ドンはエマに笑いかけた。エマもまた、笑みを浮かべて頷き返した。

「うん……私がみんなのこと覚えていられたら、きっと違ったんだろうけど」

互いに探し合っていれば、もっと早く出会うことができていたはずだ。だがエマには、自分が何かを——誰かを探したいと思うことすら、できないでいた。

もし、ここにいる兄弟達が探すことを諦めていたら、ずっと再会は果たせないままだったのだ。

「本当にありがとう。もう一度、会わせてくれて」

エマは何度も、その言葉を口にする。

家族と再会できないままだったら、きっと自分は、あの夢のことすらだんだんと忘れながら、この先を生きていただろう。

「そう言えばレイ」

目を細めてエマの方を見ていたギルダが、ふと思い出したようにレイの方へ顔を向けた。

「あの時、なんであそこにエマがいるって気づいたの？」

ギルダはずっと不思議に思っていたことを口にした。声をかけられ、レイは目線を上げた。

「…………」

エマと再会したのは、もう世界中探せる場所を探し尽くした後だった。それでも諦めきれず、今はもう地図から消されてしまった地域を、もう一度初めから探し直していた。

一つずつ、一つずつ、小さな町を、名もない村を、その姿を追い求めて歩いた。

その日も、人の居住する最果《さいは》てまで足を向けていたが、一日歩き回って、何の手がかりも得られないでいた。

この町もハズレだった。バスの時間が迫り、レイやギルダ達は、切り上げて帰路につこうとしていたところだった。

唐突に、レイが走り出した。

ギルダは驚いて後を追った。その先に、本当にエマがいたのだ。

「何か見かけたの？」

丸椅子《まるいす》に腰を預けていたレイは、腕を抱いたまま呟いた。

「…………コニーが」

意外な名がその口から出て、兄弟達は目を丸くする。

「え……？」

レイは記憶を手繰《たぐ》り、言葉を選ぶように呟いた。

「コニーの声が、聞こえた気がしたんだ。『レイ、こっち』って」

霊感なんてものは信じていない。だがそれでもレイは、あの時の声も、リュックが何かに引っ張られたのもただの錯覚だったとは思えなかった。あれは確かにコニーだったし、その向こうにはユウゴやイザベラの気配もあった。それは霊感なんてものよりはるかに確かに感じられた。

レイとコニー

（アニメ『約束《やくそく》のネバーランド』第《だい》1期《き》
Blu-ray《ブルーレイ》&DVD《アンドディーブイディー》 Vol.《ボリューム》2特製《とくせい》ブックレット掲載《けいさい》）

レイが口にした名前を、エマは繰《く》り返《かえ》した。

「コニー……」

ノーマンが気遣《きづか》うようにその顔を覗《のぞ》き込《こ》む。

「何か……覚えてるの？」

エマは少しの間、うつむいて、頭の中でその名前を繰り返す。

音の響きがエマの中の感情を揺さぶるが、明確なものは何も浮かんではこなかった。あの夢と同じで、手を伸ばそうとすると消えてしまう霧のようだ。エマはゆっくりと首を振る。

「覚えては、ない……でも……」

エマは顔を上げ、周《まわ》りの兄弟達を見渡し、寂《さび》しそうに呟《つぶや》いた。

「そっか……今はもう、いない子なんだね……」

レイの言葉を聞いて、エマは察する。ノーマンは黙ったまま頷《うなず》いた。レイもまた、目を伏《ふ》せただけだった。エマの記憶の中に、コニーの最期《さいご》の姿がないのは幸福なことなのかもしれないとも思いながら。

「コニー、すごい優しい子だったんだよ」

ぽつりとドンが呟く。それから暗くなりそうな空気を振り払うように、笑顔を浮かべて言葉を続けた。

「リトルバーニーっていう、ウサギのぬいぐるみ、大事にしててさ」

「いっぱい遊んだよね」

「うん」

兄弟達は温かい声音《こわね》で、ここに一緒に来られなかった少女のことを話す。

「私、一緒の部屋だったんだ」

アンナはそう言って、懐かしそうに微笑《ほほえ》んだ。それを聞いてエマは呟く。

「へぇ、それぞれ部屋が分かれてたんだね」

「そう」

エマは自分を指さして尋《たず》ねた。

「私は？　アンナと一緒だった？」

「ううん、エマは別の部屋。エマね、コニーがママの部屋から、子供部屋に移ってくる時、自分の部屋だったら良かったのにって、がっかりしてたよ」

「そうなんだ」

エマは笑顔を浮かべた。ルームメイトがいる生活は、きっと毎日寝起きするのが楽しいに違いない。朝は大騒ぎして起きて、夜はみんなでおやすみを言い合ってベッドに入る。

「でも部屋を移った時、コニー、夜になると泣いちゃって」

アンナは穏《おだ》やかに笑うと、その過去を思い返す。

エマはコニーという少女のことを想像してみた。

知らない子のはずだったが、ウサギのぬいぐるみを抱いた女の子を頭の中に思い描くと、不思議と優しい気持ちにさせられた。

＊　＊　＊

「ねぇ、今日《きょう》からコニーが二階で一緒に寝るんだって！」

夕食後のハウス、ホウキを持ったエマが食堂に飛び込んできた。同じく掃除当番だったノーマンとギルダが、エマの声に振り返る。

「わぁ、そうなんだ！」

その知らせにギルダは、顔をほころばせた。ノーマンが頷く。

「そっかぁ。コニーももう3歳になったもんね」

新しい兄弟は大抵《たいてい》1歳前後でハウスにやってきて、3歳になる頃まではママの寝室にあるベビーベッドで過ごすことになる。その後、二階の子供部屋に自分のベッドを与えられ、兄姉達とともに寝起きするのだ。

「私達と同じ部屋なら嬉《うれ》しいね」

エマに言われて、ギルダも笑って頷き返す。

「うん、ほんと」

上にまだ兄姉はいるが、エマもギルダも8歳と7歳になり、下の子の面倒を見ることの方が多くなった。頼もしいエマも、面倒見のいいギルダも、年上の兄姉と同じくらい弟妹達から慕《した》われている。

二人のやりとりをそばで聞いていたノーマンは、微苦笑を浮かべて呟いた。

「残念だけど、エマ達の部屋じゃないと思うよ」

断言するようなノーマンの言葉に、エマもギルダも目を見開く。

「え？ なんで？」

「あ、そっか！」

部屋割りを頭に思い浮かべていたエマは、声を上げた。

「レイの部屋？」

告げたエマに、ノーマンは頷いた。

「たぶんそうじゃないかな」

二人の会話を聞いて、ギルダも理解した。

「そっか。この前、ケイトがハウスを出たから、空《あ》いてるベッドがあるものね」

先週、レイの部屋の姉が里親のもとへ旅立った。各部屋の人数のバランスを考えれば、次に新しい子が入るのはレイの部屋だろう。エマはホウキを大きく振って嘆《なげ》いた。

「えー残念だなぁ！」

部屋の顔ぶれが増えるのは、いつもワクワクと心躍《おど》るのだ。

まず朝起きた時の賑《にぎ》やかさが変わる。目覚めた瞬間から、はしゃいでいる子もいれば、ぐずっている子もいる。みんなを起こして食堂へ向かう時間は、一日の始まりを一番感じられる時だ。

眠る前も、同じ部屋なら絵本を読んだり今日あったことを喋《しゃべ》ったり、明かりを消すまで一緒にいられる。

そんなふうに惜しがったエマに、ギルダが大袈裟《おおげさ》に肩をすくめた。

「でも朝は、トーマとラニオンの面倒見るので、手いっぱいかも」

その仕草に、エマもノーマンも顔を見合わせて笑った。エマとギルダの部屋に去年やってきた二人のいたずらっ子は、目覚めた瞬間から少しもじっとしておらず、パジャマのまま叫んで駆け回っている。

掃除を再開させ、ノーマンはにっこりと笑った。

「部屋が同じじゃなくても、コニーが二階に来るの、楽しみだよね」

「うん！」

エマとギルダは、声を揃《そろ》えて頷き返した。

大好きな妹のコニーと、これからは同じ二階で寝起きできるのだと思うと、エマは今夜がもう待ち遠しくてたまらなかった。

シャワーや歯磨きを終えて、子供達がそれぞれのベッドへ向かう時間帯となった。

「コニー、今日からここがあなたのベッドよ？」

イザベラに手を引かれ、3歳のコニーが二階へやってくる。

ベッドに腰かけて本を読んでいたレイは、ちらっと視線を上げてイザベラと妹の方を見た。妹の姿はすぐに、他の部屋からも集まってきていた兄弟達によって隠れ、見えなくなる。

コニーが加わったのはやはり、レイ達の子供部屋だった。

「コニー！　今日から一緒の部屋だな！」

部屋にやってきたドンが、小さな妹に声をかける。

「よろしくな！」

「うん……」

気さくな兄を見上げ、コニーはこくりと頷いた。集まっていた兄弟達が次々に口を開く。

「いいなぁ、同じ部屋じゃなくって残念！」

「みんな、コニーと一緒のお部屋がいいって思ったのよ」

「寝る前までいっぱい遊ぼうね！」

次々とかけられる、兄姉からの温かな言葉に、少し緊張気味だったコニーの表情がふわりと緩《ゆる》んだ。

「えへへ、嬉しい」

「良かったわね、コニー」

イザベラは微笑みかける。小さなぬいぐるみなど、少ない私物をサイドデスクの引き出しに仕舞《しま》っていく。

「コニー！」

廊下から、エマが駆け込んできた。その後ろにはノーマンの姿もある。

「今日から、みんなと同じ二階だね！」

「うん」

こくんと、コニーは姉を見上げて頷いた。頃合いを見計らい、イザベラがコニーの頭を撫《な》でて離れる。

「じゃあコニー、おやすみなさい。みんないるから、怖《こわ》くないわね」

イザベラが立ち去ろうとすると、コニーは途端に不安そうに瞳を揺らした。その変化に気づいたエマが、後ろ手に隠していたものを見せた。

「じゃーん！　今日はコニーのために絵本持ってきたんだよ」

「わぁ！」

大好きな絵本に、コニーはぱっと笑顔を取り戻した。隣にいたノーマンが笑《え》みを浮かべて言う。

「みんなで読も？」

「うん！」

コニーのベッドに集まり、兄弟達がエマの読む物語に耳を傾ける。

笑顔で絵本に夢中になっている姿を確認し、イザベラは黙ったまま子供部屋を後にした。

「……そうしてみんな、幸せに暮らしました。めでたしめでたし」

物語が終わる頃には、コニーは瞼《まぶた》を重たそうにしていた。とろんとした顔が、すぐに寝顔へ変わっていく。

小さな妹が眠りについたのを確認して、エマは周りを見渡した。

「良かった、コニー、寝たね」

「うん」

ノーマンが寝具を肩まで掛け直し、頷いた。気づけばコニーと同じように、すでに眠りについている弟妹もいる。それぞれのベッドへ運び、明かりを消す。

「じゃ、おやすみ」

「おやすみ、エマ」

ひそひそ声で言《い》い交《か》わし、エマ達別室の兄弟はそっと部屋を後にする。

暗くした部屋には、穏やかな寝息だけが響いていた。

それから一時間も経《た》たない頃だろうか。

「……うっ、ひっく、ママ……」

その小さな泣き声に、最初に気づいたのはレイだった。暗い室内、そっと視線だけコニーのベッドへ向ける。

その時、囁《ささや》くようなアンナの声が聞こえてきた。

「コニー、眠れないの？」

同じように目を覚ましていたアンナは、起き上がって目をこする。ベッドから足を下ろしスリッパを履《は》くと、コニーのベッドへ近づいた。

コニーはアンナに、鼻をすすって訴えた。

「ママのところに行きたい……」

口にすると、余計に寂しくなってしまったようだ。コニーは大きな声で泣き始めた。その声に他の兄弟達も目覚める。

「どうしよう？」

アンナが、つられて泣きそうになりながら、コニーを撫でる。

結局、部屋を見回りに来たイザベラが気づき、コニーを連れていくことになった。

「今夜だけよ」

膝《ひざ》をついて視線を合わせたイザベラは、幼い子の髪を優しく撫でた。

「明日《あした》からちゃんと、みんなとお部屋で寝ましょうね」

「うん……わかった」

コニーはそう言って、こくりと頷く。その様子《ようす》を、残された部屋の兄弟達が心配そうに見送った。

レイだけが、表情を変えず、眠たそうにあくびを噛《か》み殺《ころ》していた。


翌日、エマは食堂にやってきたコニーに駆け寄った。

「コニー！　おはよう！」

「おはよう、エマ」

「新しいお部屋、どうだった？」

快活に尋ねる姉を見上げ、コニーは両手をぎゅっと握り合わせる。うつむいたコニーに、エマは首を傾《かし》げる。

「あれ？　眠れなかった？」

「……あのね、やっぱりママのところに行ったの……」

「そうだったんだ」

昨日《きのう》エマが部屋を出た時は、平気そうに眠っていたので何も問題なかったと思っていた。

途切れ途切れに話を聞けば、どうやら夜中に怖くなってしまったようだ。

「……ごめんなさい」

しゅんと縮《ちぢ》こまった妹を、エマは慌《あわ》てて元気づける。

「コニー、大丈夫だよ！」

謝るようなことじゃないよ、気にしないで、と言葉を重ねてその頭を撫でる。

「すぐにみんなと一緒に眠れるようになるよ」

エマの励《はげ》ましに、コニーはようやく笑みを取り戻し、頷き返した。

「うん……」

「よし！　じゃあ一緒に朝ご飯のお手伝いしよ！」

遊びに誘うように、エマはコニーの手を引いて食堂の中へ入っていく。

いつものようにテストと昼食を終え、午後の自由時間となった。

「いっくよー！」

エマはボールを弟妹達に思いっきり投げ返すと、小高くなった丘を振り返り、遊びの輪から離れた。

今日も変わらず木陰《こかげ》で読書をしているレイと、そのそばで兄弟達が遊ぶのを眺めているノーマンのもとへ、走っていく。

途中で、エマはコニーの姿を確かめた。

コニーは、刺繍《ししゆう》をするイザベラのそばで、無邪気な笑顔を浮かべて遊んでいた。その顔から朝見た不安そうな様子は窺《うかが》えず、エマはひとまずほっとする。

木陰へたどり着くと、エマはレイに声をかけた。

「コニー、昨日寝られなかったんだね」

エマに言われて、レイは一瞬だけ視線を持ち上げ、すぐまた手元へ落とした。ページをめくりながら答える。

「ああ」

「え、そうだったんだ」

初耳だったノーマンはわずかに目を丸くした。昨日部屋を出た時点ではぐっすりと眠っていたので、ノーマンも心配いらないと思っていた。

「夜中に、怖くなっちゃったんだって」

エマは腕を組んで首をひねった。

「うーん……二階のベッドに移った時って、怖かったっけ？」

「どうだったかな？　あんまり覚えてないよね」

ノーマンも顎《あご》に手をやって思い返す。それからふふっと笑った。

「でもたぶん、エマは怖がってはなかったと思うよ」

新しい環境に物怖《ものお》じするよりも、楽しみではしゃぐタイプがエマだ。その性格は物心ついた頃から変わらない。

　ノーマン自身も、ママから離れて寝ることを怖いと感じた記憶はなかった。だからこそ、二人ともどうしたらコニーが安心できるのかわからなかった。

「みんなはどうだったのかな？」

　エマが呟いた時、丘のそばへ小さな弟達が走ってきているところだった。エマは追いかけっこをしている弟達に声をかける。

「ラニオンもトーマも、部屋移った時、泣いたりしてなかったよね」

　足を止めた二人は、息を切らしたまま得意げに胸をそらす。

「ぜーんぜん、平気だったよ！」

「ちっとも怖くなかった！」

　コニーより一歳年上の二人は、生意気な顔をして頷き合う。そんな二人に、エマは歯を見せていたずらっぽく笑う。

「あはは、でも二人とも、夜トイレ行く時は怖いって言って起こすよね」

「おい！　エマ！」

「言うなよなー！」

　弟達が恥ずかしがって、からかうエマをぽかぽか叩《たた》く。

「おーい！　次、鬼ごっこやろー！」

ボール遊びをしていたメンバーが、大きく手を振って丘にいる五人に呼びかける。真っ先に駆け下りていったトーマとラニオンの後を、エマが追う。

「いいよー！」

走りながら、肩越しに叫ぶ。

「ノーマンとレイも！」

エマの声に、ノーマンは「うん」と笑顔で、レイは顔を上げないまま「パス」と答えた。


よく晴れた空が夕暮れに染まり出す。

自由時間の終わりを知らせる、五時の鐘《かね》が鳴った。その音を聞く前に、エマ達はハウスへ戻ってきていた。

「今日も楽しかったね！」

「お腹空《なかす》いたなぁ」

賑やかな声とともに兄弟達は家の中へ入っていく。そんな中、玄関でノーマンが、ふと思い出したようにエマに声をかけた。

「そう言えば、レイはどうだったんだろう？」

「え？」

振り返ったエマは、ノーマンの視線の先に気づく。そこには本を小脇《こわき》に抱き、一足先に中に入っていたレイがいた。

「最初に二階でみんなと寝始めた時、怖かったりしたのかな？」

ノーマンの言葉に、エマは腕を組み、幼少のレイのことを思い返してみる。たっぷり三秒考えていたエマは、ノーマンの顔を見て尋ねた。

「レイ……寂しがったりしてたと思う……？」

「うーん……。想像できないね」

ノーマンは苦笑を浮かべた。

小さな頃の記憶など曖昧《あいまい》だが、それでも思い浮かぶ限りレイは今のままだ。子供らしくなく落ち着いていて、達観したようなことばかり口にしていた。

二人が玄関から中へ入ったところで、食堂へ向かってイザベラがコニーとともに廊下を横切っていった。

「ママ、ご飯なぁに？」

「何かしらね、コニーは何がいい？」

えぇっとね、とコニーは頬《ほお》を緩ませて、食堂へ入っていく。その後に続きながら、ノーマンはエマに言った。

「コニー、今夜こそ安心して眠れるといいよね」

「うん！　何かいい方法、考えよう！」

可愛《かわい》い妹のため、エマは意気込んで大きく頷いた。


コニーが二階のベッドで眠れるよう、エマは兄弟達に何か名案がないか、聞いて回ることにした。


「やっぱり子守歌じゃない？」

「後は羊《ひつじ》を数えるとか？」

「オルゴールの音、眠たくなるよ！」

ギルダやアンナ、ナットが思いつく方法を挙《あ》げていった。

「よし、じゃあ今夜は絵本じゃなくて、子守歌にしてみよう！」

エマは教えられた方法を、さっそく実践《じっせん》してみることにする。

「コニー、今日はみんなで子守歌、歌ってあげるから、絶対眠れるよ！」

夜がやってきて、再び兄弟達がコニーのベッドに集まった。

「うん！」

コニーは、ベッドの傍《かたわ》らに座るエマに頷いた。

「……は？　待て。全員？」

枕に背を預け、本を開いたレイは、横から聞こえてきた言葉に片方の眉《まゆ》を持ち上げた。

「さん、はい！　ねーむれ、ねーむれ～!!」

コニーのベッドの周りに集まった兄弟達が、子守歌の大合唱を始める。コニーはびっくりして目を丸くした後、甲高《かんだか》い声で笑い、一緒になって歌い始めた。レイの部屋の弟妹達も次々と自分のベッドから起き出してきてしまう。

「コニー、眠たくなってきた？」

「いや、なるか！」

レイがエマの頭めがけて枕を投げる。飛んできた枕に、さらに場は盛り上がってしまう。兄姉まで笑い出し、とても就寝できる状況ではない。

「おいノーマン！　なんとかしろ」

唯一《ゆいいつ》冷静な判断ができそうな一人を、レイが呼ばわった。さすがにノーマンも苦笑して、穏やかにエマに告げる。

「エマ、やっぱり子守歌ならこっちの歌の方がいいんじゃないかな？」

「選曲じゃねーよ！」

コニーはしばらく一緒に歌っていたが、やがて眠りについた。しかしその夜も途中で目覚めてしまい、泣き出したコニーはイザベラと一緒に眠ることになった。

次の日の夜も、コニーに安眠してもらおうと、エマ達は消灯前の部屋にやってきていた。コニーが部屋を移って今日で三日目だ。

「よーし、今日は羊を数えてみようよ！」

エマは次の方法を提案した。同じ部屋のアンナが教える。

「コニー、目を閉じて、羊を数えてみて。そしたら眠くなってくるよ」

「ひつじってなぁに？」

「えっ？　えーっとね、こういうモコモコした動物で」

エマが身振り手振りで説明しようとする。

「これが羊だよ」

ノーマンが持ってきた本を開いて、その動物の絵を見せる。図鑑はリアルなタッチで羊の姿を描いていた。コニーは少し固まってから、小さな声で言った。

「…………えっとね、ウサギさんがいいな」

「コニー、ウサギ好きだもんね。じゃあウサギ数えよう！」

エマは頷き、目を閉じたコニーの体を、ぽんぽんと叩き始める。

「ウサギが一匹、ウサギが二匹」

「エマ、ウサギは一羽なんじゃない？」

隣からギルダに言われ、エマは首をひねる。

「え？　じゃあ……ウサギが一羽、ウサギが二羽？」

「な、なんかもはや原型残ってねーな……？」

ドンが数えにくそうに口の中で呟く。ノーマンは動物の図鑑を胸に抱いたまま、苦笑を浮かべた。

「うーん、眠れないことが問題じゃなくて、きっと朝までぐっすり眠れるかどうかってことだよね」

「そっかぁ。ずっとみんながベッドのそばにいるわけにいかないしな」

エマはベッドのふちに頬杖《ほおづえ》をつく。

「オルゴールはどうかな？　途中で起きちゃったら、またこれを回して……」

持ってきたそれのネジを回したところで、横から大きな溜息《ためいき》が聞こえた。

「はぁ……そんなことしなくても、そのうち寝られるだろ」

昨日からずっと関心なさそうなレイの態度に、エマはむっと眉を寄せる。

「そんなこと言ってないで、レイも何か考えてよ」

本からちらっと視線を上げたレイは、すぐまたページに視線を落とした。

「……だから、慣れたらすぐ寝られるって」

なげやりに呟く少年に、エマはむくれた。

「もう、レイなんでそんな冷たいの！　一緒の部屋の妹なんだよ！」

憤然《ふんぜん》と叫ぶエマに、レイの態度は変わらなかった。そばにいる兄弟達の方がおろおろする。怒るエマを、ノーマンが制した。

「エマ、レイも本気で言ってるわけじゃないよ。ね、レイ」

仲裁するノーマンをレイは無視し、そのまま本を読み続ける。

「エマ」

コニーが姉の手を引いた。振り返ったエマに、コニーはにこっと笑った。

「みんながいっつも寝る時に来てくれるから、もう怖くないよ。今日はね、眠れると思うの」

健気《けなげ》な妹の言葉に、エマは「……コニー」と呟いて、ぎゅっと抱きしめた。

コニーが眠りにつき、別室の兄弟達がいなくなってから、レイは消灯した室内で目を開けた。

「はぁ……」

小さく溜息をつき、レイはベッドを抜け出した。

レイは周りに誰もいないことを確認して、食堂へ向かった。テーブルの並んだそこを通過し、食料庫の扉を開けた。

「言われていたもの、持ってきたわ」

無人と思えた食料庫の中には、イザベラの姿があった。イザベラは片手に持ったものを、レイへ渡した。

「ふふ、懐かしいわね」

「………」

黙ったままレイは受け取り、踵《きびす》を返して戻っていった。


大丈夫、と言ったが、その夜もやはりコニーは真夜中に目が覚めてしまった。

「………寝なきゃ」

コニーはすんっと鼻を鳴らして、まだ見慣れない天井を見つめた。

今までベビーベッドで眠っている頃には、こんなふうに真夜中に目覚めることは覚えている限りなかった。自分の名前の刺繍が入った、小さなぬいぐるみをぎゅっと握る。

コニーはベッドの中で何度も落ち着きなく、身じろぎした。

夜、一人ぼっちで目覚めていると、やはり不安な気持ちがどんどん膨《ふく》らんでいく。

「う……うぅ」

コニーはぎゅっと目を閉じた。

「コニー」

つむっていた目を見開く。声のした方へ寝返りを打って、コニーはもぞもぞと起き上がった。

「だぁれ?」

ベッドのそばに立っていたのは、レイだった。

長い前髪を垂《た》らして、いつも不機嫌《ふきげん》そうな顔をしている兄だ。コニーは一緒に遊んでもらった記憶があまりない。

「……………?」

不思議そうに見返したコニーに、レイは持っていたものを差し出した。

「これ」

レイが差し出したものを、コニーはおそるおそる受け取った。そしてすぐに、それが何か気がついた。

「あ……！」

手によく馴染《なじ》んだ、柔らかな素材の感触。引き寄せて、コニーはその懐かしい手触《てざわ》りに、ぱっと顔を上げた。

「私の毛布！」

それはコニーがベビーベッドにいた時に使っていた、ブランケットだった。パステルピンクの毛布は、何度も洗濯して少し色褪《いろあ》せていたが、使い込まれて柔らかくなっている。

「ありがとう！」

コニーは毛布をぎゅっと抱きしめ、レイへ笑顔を向けた。

レイはそこで初めて、少しだけ目を細めて笑う。暗がりの中では、その顔をはっきりと見ることはできなかった。だが穏やかな声音に、コニーは兄が笑っているのだと思った。

「おやすみ、コニー」

レイのその声に、コニーは安心して横になった。

「おやすみなさい」

コニーは渡された毛布を自分の肩に掛け、端を握ると、目を閉じた。柔らかなその生地《きじ》に頬ずりし、コニーはゆっくりと息を吸う。懐かしいベッドの匂《にお》いに包まれる。次に息を吐いた時には、うとうとと眠りが訪れていた。

消灯後、本当なら部屋の行き来はできない時間だが、エマは隣室のコニーのことが心配で、こっそりベッドを抜け出した。

同じことを考えていたのは、エマだけではなかった。

「エマ」

廊下で、小さな声に呼ばれてエマは驚いて振り返った。

「ノーマン！」

しーっと、口のそばに指を立てる。

「コニー、眠れたのかな？」

「泣いてはいないみたいだけど……」

エマとノーマンは、そっとレイ達の部屋へ近づき、ドアノブをひねった。音を立てないよう、ゆっくりと開け、隙間《すきま》から中を覗いた。

「……何してんだよ」

扉が急に内側から開けられて、エマとノーマンは二人とも前に倒れそうになった。

「わっ」

エマは慌てて自分の口を押さえる。

ドアを内側から開けたのは、レイだった。

「レイ、起きてたの？」

ノーマンも、待ち構えるように立っていたレイの姿に、目を瞠《みは》る。

「コニー、寝てる？」

ひそめた声でエマが尋ねる。足音を立てないように、そっと中へ入った。

窓から差し込む月明かりで、部屋の中はぼんやりと浮かび上がっている。エマは、すやすやと穏やかに寝ついている妹を見た。隣からノーマンもその寝顔を見て、微笑む。

「良かった。寝てるね」

「これ……毛布？」

ノーマンが、コニーがくるまっているものに気づき、指さした。

「あ！」

エマは気づいて、小さく声を漏《も》らした。

「見たことある。これ、ベビーベッドの毛布でしょ？」

ママが持ってきてくれたの？　と尋ねたエマの言葉にかぶせるように、ノーマンが続けた。

「いや、これ、レイでしょ？」

「っ！」

イザベラが渡したことにしようと思っていたレイは、ノーマンの言葉にぎょっとして目を見開く。

ノーマンは涼しい顔で笑って言う。

「ママはまだ二階に来る時間じゃないし、もし先に渡してるなら寝る前にコニーが持ってるはずだから」

レイは一瞬、自分がママに託されたのだと言おうかと思ったが、その理由を勘繰《かんぐ》られる可能性もあることを考え、結局溜息混じりに頷いた。

「……そうだよ」

「えぇっ！　そうだったの⁉」

エマはぱっと目を丸くして、改めてレイの方を向いた。

「すごいね、レイ」

ノーマンは純粋に賞賛した。

「どうしてコニーが、この毛布がなくて眠れないんだって気づいたの？」

尋ねられて、レイは少し顔をうつむかせる。なんでもないことのように、さらりと告げる。

「前読んだ本に、ちょうどそういう話が、書いてあったから」

「そうなんだ！」

エマもノーマンも、やがて顔を見合わせてくすくすと笑い出した。

「やっぱり、レイだよね」

「うん、なんだかんだ言っても、さ」

「何だよ、気持ち悪《わり》ぃな……」

レイは、こらえきれないように笑顔になっている二人を、気味悪そうに見つめる。

エマが満面の笑みで、レイに言う。

「どうでも良さそうにしてても、ちゃんとコニーのこと考えてあげてたんだね」

ごめんね、怒ったりして、と素直に謝る。ノーマンも続ける。

「レイはみんなのこと、よく見てるよね」

「はぁ……お前らもう帰れよ」

呆《あき》れたように呟いて、レイは扉へ顎を向ける。

「ふふ、じゃあ、おやすみ。レイ」

「コニーも、おやすみ」

入ってきた時と同じように、ノーマンとエマはまた静かにドアを開け閉めして、部屋の外へ出ていった。

二人を見送り、レイは大きく一つあくびをすると自分のベッドに戻った。横になり、枕に頭を預けて目を閉じる。

『どうしてコニーが、この毛布がなくて眠れないんだって気づいたの?』

ノーマンの問いかけが、頭の中に浮かび上がった。

(さすがにノーマンでも……そこから気づくことはねぇだろ)

レイは寝返りを打つ。

幼児期健忘《けんぼう》が起こらない体質のレイには、胎児《たいじ》からの記憶が残されていた。だから初めてベビーベッドから、二階の子供部屋へ移された時のことも、よく覚えていた。

エマは、新しいベッドも兄姉達と一緒の部屋も、全身で喜んでいた。姉達が『初日から爆睡して朝もはしゃぎ回っていた』と呆れ気味に話していたのを覚えている。ノーマンもぐずることなく眠って手を焼かせることはなかったが、3歳の頃はまだ頻繁《ひんぱん》に体調を崩していて、イザベラによって子供部屋のベッドから強制的に連れ戻されていた。

自分も、きっと兄姉達から見れば手のかからない子供だったろう。

けれど最初ベッドに移った夜、レイはうまく眠ることができなかった。

そんな時、スーザンという姉がベビーベッドで使っていた毛布を持ってきてくれたのだ。

『レイ、これがあったら、安心するんじゃない？』と、そう言って柔らかな手触りの毛布を手渡した。

そうやってレイが新しいベッドに慣れたことを、知っている兄姉はもういない。イザベラでさえ、レイがコニーの毛布を頼むまでその思い出を忘れていたくらいだ。そんな、ささやかな出来事だった。

レイは耳を澄ませる。小さな妹が目覚める気配はなかった。

本当は、自分の体質のことがバレるような行動は起こしたくなかった。だがコニーを見ていて、きっとかつての自分と同じことを感じているのだろうと思った。

「…………」

安らかな妹の寝息を聞きながら、レイは小さく溜息をつき、目を閉じた。


朝六時、今日もハウスに起床を知らせる鐘が鳴り響く。

「ふぁあっ」

夜中に起きたせいでまだ眠たさの残るレイは、身を起こしたもののベッドの中でぼんやりしていた。

「レイ」

たどたどしい声で自分の名前を呼ばれて、顔を向けた。ベッドの横に、薄ピンクの毛布を抱いたコニーが立っていた。

「おはよう！　あとね、ありがとう」

屈託なく笑いかけられ、レイは前髪の奥の瞳を小さく見開く。それからふっと、その双《そう》眸《ぼう》を細める。いつも心の中にある想《おも》いが溢《あふ》れる。

いつか、この小さな妹も、見送らなければならない日が来るのだろう。

（だから嫌《いや》だったんだ……）

無邪気に慕われればそれだけ、見捨てる時が辛《つら》くなる。そう思って距離を置こうとしても、そうさせてくれない、このハウスの兄弟達のことをレイは思った。

『ちゃんとコニーのこと考えてあげてたんだね』

自分へかけられた、エマの言葉が蘇《よみがえ》る。そんないい人間じゃない、とレイは自嘲《じちょう》した。

〝その時〟が来れば、自分は必ず兄弟達を裏切るのだから。

「レイ……？」

小首を傾げたコニーに、レイは眩《まぶ》しそうに微笑する。

ならせめて、それまでは――。

「おはよう、コニー。眠れて、良かったな」

レイはベッドに座ると、妹に手を伸ばした。撫でた小さな頭は、温かかった。

＊　＊　＊

レイは、兄弟達が語る妹の話に耳を傾けながら、そっと自分の片手を見下ろした。

「そっか……最初は部屋を移るのも、怖かったんだね」

エマは大勢の兄弟達と同じ部屋で寝起きするのは楽しそう、と思っていたが、きっとずっと〝ママ〟と過ごしていた幼い子にとっては、不安もあったのだろう。

「でもちゃんと、眠れるようになったよね」

「あれって、なんでだったんだっけ？」

「俺達の子守歌のおかげじゃね!?」

「えー？　そうだっけ？」

口々に当時のことを話す兄弟達を、ノーマンは黙ったまま見ていた。それから、ちらっとレイの方を見た。

あの時は、レイが真実に気づいていたことは知らなかった。幼児期健忘が起こらない体質のことも、どうして兄弟達と、どこか線を引くように接していたのかも。

ノーマンの視線に気づき、レイはあしらうように呟く。

「なんだよ」

「ううん、何でもないよ」

ノーマンは微笑《わら》って、やんわりと首を振った。

「そっか……コニーが、教えてくれたんだね」

「……ああ」

レイは右手を握って静かに下ろした。

許された、とは思わない。

けれどずいぶん前からもう、見送ってきた家族の誰一人、自分のことを責《せ》めたり恨《うら》んだりしていないと、そう思えるようになっていた。

チェスの格言《かくげん》

（アニメ『約束《やくそく》のネバーランド』第《だい》1期《き》Blu-ray《ブルーレイ》&DVD《アンドディーブイディー》 Vol《ボリューム》.3特製《とくせい》ブックレット掲載《けいさい》）

ハウスで過ごした日々の話を聞きながら、エマはそっと口を開いた。

「ねぇ」

兄弟達を見て、尋《たず》ねた。

「〝ママ〟って、どんな人だったの？」

エマは聞いてみたいと思っていたことを、思いきって口にした。

ハウスがどういう場所だったか教えられ、母親だと思っていた女性が、自分達を管理する飼育監《しいくかん》だったことはもう知っている。兄弟達にとって辛《つら》い話題かもしれないと思っていたが、エマは聞かずにはいられなかった。

ハウスでの思い出を聞けばなおさら、その人のことが気になった。

『エマ』

自分の名前が、優しく呼ばれるのを想像すると、胸の奥が温かく――苦しくなった。

「私を庇《かば》って、向こうの世界で……」

エマはそう呟《つぶや》いて、自分の腕を抱いた。

一緒に来られなかったことも、その理由も、聞いていた。

「敵だったけど……最後は、助けてくれたんだよね」

「うん。……優しくて強い、ママだったよ」

ノーマンは静穏《せいおん》な声音《こわね》で続け、その時のことを思い出す。

襲いかかった鬼の爪は、小さな兄弟を庇おうとしたエマの体に届くと思われた。自分もレイも銃を構えたが、間に合わないと結果は頭の中で弾《はじ》き出《だ》されていた。

だが敵の巨大な爪は、エマの前で阻《はば》まれた。

イザベラが、その身を盾《たて》にして、子供達を守っていた。

農園を生き抜いた大人は、つまり、飼育監として子供を犠牲にし続けてきた存在だ。コニーも、その前の兄弟達も、イザベラは死ぬとわかってハウスから送り出してきた。

その過去は決して変えられない。けれど、同じくらい、注《そそ》がれた愛情は確かだった。

「ママも、ここに一緒にいられたら良かったな……」

「うん……ママに、会いたいなぁ」

ナットがぽつりと呟き、ロッシーがそれに小さな声を重ねた。どの兄弟にも、同じ表情が浮かんでいた。涙を滲《にじ》ませた、それでも優しい笑《え》みだ。

それは、最期《さいご》の瞬間の記憶を持たないエマも変わらなかった。エマは静かに口にした。

「うん……私も、会いたい」

あの夢があんなにも狂おしいのは、命に代えて、この身を守ってくれた人の夢でもあったからだ。

エマは胸を押さえる。自然とペンダントに手が重なった。

記憶を失《な》くして、辛いと思うのは、もう会えない大切な人を思い出せないことだ。その人達とはもう二度と、こうやって会って笑い合って、新しい思い出を作っていけない。それがエマには悲しかった。

向こうの世界に残った〝ソンジュ〟――そしてこのペンダントをくれた〝ムジカ〟。種族は違うが、かけがえのない絆《きずな》を結んだのだと教えてもらった。思えばこのペンダントをあそこで落としていなかったら、自分は家族と会えないままだったかもしれない。

(〝ムジカ〟が、教えてくれたのかな……)

レイの背に、もういない妹が声をかけてくれたように。

(それに、〝ユウゴ〟も、〝ルーカス〟も……)

自分達と同じ食用児だった大人だ。自分達に戦い方を教え、最後まで家族を守ってくれたと聞いていた。エマには全《すべ》て、兄弟達の話を介《かい》してしか知ることができない。

戦いの中、敵として命を落としていった人も、多くいたのだろう。もしかしたら、記憶を持っている自分は彼らを深く憎んでいたかもしれない。けれどそれすら今は、思い出せなかった。

だから胸に湧《わ》く感情は同じように、生きて会えていたら――というものだった。

生きていたら、違う道もあったかもしれない。

イザベラのように一度は敵側で働いていたママやシスター達も、今は新しい人生を歩み始めている。

エマはその中に、どんな顔かもわからない、〝ママ〟の姿を探してしまう。

あの夢の中の誰かを、追い求めるように。

「たくさん……大事なもの、もらったんだろうな……」

エマはそっと呟く。どんなに思い出そうとしても、押さえた胸の中には微《かす》かに温かさが広がるだけだ。

「そうだね」

ノーマンは穏《おだ》やかに声をかけた。

「僕らが脱獄してこられたのも、世界を渡ってこられたのも、育ててくれたのが、あのママだったからだ」

最高の商品を作り上げるため――ハウスで対決した時には、そう言っていた。だが自分達に知恵と勇気、家族を思いやる優しさを授けたのは、確かにイザベラ以外にありえなかった。

ノーマンは懐かしむように視線を遠くへやる。

「最後まで、ママにはチェスで勝てなかったなぁ」

もし生きて、この世界で盤を挟むことができていたら――。

今ならあの人に勝てただろうか。

＊　＊　＊

「チェックメイト」

ノーマンのその言葉を聞き、対戦していたエマは叫んだ。

「ああっ！　うそ⁉」

思いもよらない位置からチェックメイトを決めたナイトを見て、愕然《がくぜん》と叫ぶ。盤上のキングを、ノーマンはにっこり笑って指先で倒した。

「ええ⁉　今回は勝てる気がしてたのに！」

悔《くや》しい！　とエマは身をよじって頭を抱《かか》える。

消灯前の時間、エマはベッドに盤と駒《こま》とを持ち込んで、ノーマンとレイと一緒にチェスをして遊んでいた。

「ふふ、でもエマ、あそこでまさかキングを動かすとは思わなかったよ」

取った駒を並べ直しながら、連勝記録を塗り替えたノーマンは穏やかに伝える。

横で二人の試合を見守っていたレイは、本から視線を上げて呟いた。

「……と言いつつ、きっちり対応してくるからな」

エマの打った手が、本当にノーマンにとって予想外のものだったとしても、出来上がったノーマンの布陣はそれもはじめから織り込み済みのように、完成している。

エマは駒を見直して考え込む。

「うーん、じゃあ敗因はそこ？」

「エマの敗因って言うより、ノーマンの手がえげつないだけ」

あれは横で観戦していたレイでも、とても見抜けない手だ。チェックメイトするまでは、エマの白の布陣の方が優勢で攻めているように見えていた。そう見せていた。実際は黒のビショップとナイトによってエマのキングは完全に動きを封じられていたのだ。

駒を並べ終え、エマはレイのシャツをぐいぐい引っ張った。

「じゃあ次、レイ！　やってよ！」

「パス」

読書を再開させた親友に、エマは頬《ほお》を膨《ふく》らませる。それから気を取り直し、チェス盤から身を乗り出すようにして話す。

「ねぇ、ハウスを出るまでに、ママにチェスで勝ちたいよね」

最後の駒を置き終え、ノーマンは頷《うなず》いた。

「そうだね。結局まだ一度も勝ててないもんね」

「でも、今のノーマンならママにも勝てるんじゃない？」

期待を込めたエマの言葉に、ノーマンは苦笑を浮かべる。

「どうだろう。ママが本気でやったら、やっぱりまだ勝てないと思うよ」

指先でクイーンの駒に触れつつ、ノーマンは目を伏《ふ》せる。

これまで、幼少の頃から何度も、自分達はイザベラとチェスを指《さ》してきた。当時と比べれば手加減はされなくなっているのだろうが、まだこれがイザベラの全力とは思えなかった。せめて本気を出させるくらいはしてみたい。

ノーマンのその言葉を聞き、レイは顔を持ち上げて呟く。

「ママは母であり師、か……」

レイが漏《も》らしたセリフに、ノーマンはおかしそうに笑った。

「んだよ」

レイは怪訝《けげん》そうに、ノーマンの方を見る。ノーマンは笑みを浮かべたまま告げた。

「でも僕にチェスを教えてくれたのは、レイだよ」

その言葉に、エマが目を丸くする。

「えっ、そうだったっけ！」

「……よく覚えてんな」

ぼそりと呟いたレイに、ノーマンはにっこりと笑う。

「そりゃそうだよ。あれは僕が初めて、チェスで負けた日でもあるんだから」

ノーマンはそう言うと、幼い日のことを思い返す。


午後のハウスはいつにも増して賑《にぎ》やかだった。昨日《きのう》から降り続いている雨のせいで、子供達は自由時間を屋内で過ごしていた。

「待てーっ！」

「こっちだよー！」

兄弟達と一緒にエマの声が廊下に響く。鬼役の兄から、軽《かろ》やかに身をかわして、エマは階段を駆け上がっていく。「エマ、危ないよー」その姿に笑いながらも、ノーマンは心配する声をかける。

「うん！　ありがとうノーマン！　大丈夫！」

叫びながら、エマは風のように階段の上へたどり着く。はしゃぎ回っているその声に、ノーマンは小さく苦笑する。

雨続きで外遊びができないので、運動好きな兄弟達は体力を持て余しているようだった。

その中には、当然のようにノーマンが今探している相手の姿はなかった。二階へ上がると、ノーマンは図書室の扉を押し開ける。

「あれ？　いない」

てっきりここにいると思っていたが、そこにレイの姿は見当たらなかった。ノーマンは首を傾《かし》げる。

「ノーマン、誰か探してるの？」

本棚の前にいた姉が、入ってきた弟に問いかける。

「うん。レイ、来てない？」

遊戯室にいないので、てっきり図書室《ここ》だと思っていた。

「さっきまでいたけど……本持ってまた出てっちゃったわよ」

「そっか。ありがとう」

ノーマンは姉に礼を言い、図書室を出た。

（んー、後はきっと……）

ノーマンは廊下を進み、レイのベッドがある子供部屋を覗《のぞ》いた。

誰もいない、しんとした部屋の中に、レイの姿はあった。自分のベッドに腰かけて、レイは一人でチェスをしていた。窓の外は雨空で、室内は薄暗い。

「…………」

片膝《かたひざ》を引き寄せて座り、かたわらに開いた本へ視線を落としながら、盤の上の駒を動かしていく。よほど集中しているのか、ノーマンが開けた扉にも気づかない。

「レイ」

呼びかけられた方へ顔を上げた時には、すでにノーマンは正面へ来ていた。すとん、とチェス盤の反対側に座る。

「すごいね、レイ、チェスわかるの？」

ノーマンの言葉に、レイはむすっとした顔で答える。

「……別に」

「ねぇ、僕にも教えて？」

「は？」

「だから、チェス」

ノーマンは、レイの返答を聞かないまま、駒を指さす。

「これ、元に戻してもいい？」

「…………ノーマンなら、本読んだだけで覚えられるだろ」

レイが差し出したその教本を、ノーマンは押し返した。

「そんなことないよ」

首を振って、それからにこっと笑いかける。

「それにチェスなんだから、相手がいないと」

有無《うむ》を言わせない笑顔を浮かべて、ノーマンは人差し指を立てる。

「…………」

レイは諦《あきら》めて、盤を使って覚えていた定跡《じょうせき》の型を崩すと、駒を元の位置に戻した。

「えーっと、最初の配置はこうだっけ？」

「ああ。白のクイーンは、白のマスに置く」

こつ、こつ、と盤を駒が打つ音が子供部屋に響く。

「ふーん、なるほど。動きは？」

「指しながら教える」

基本だけ今言うから、とレイは駒を動かし始める。それを見るノーマンの視線は真剣なものになった。薄い色の瞳が、瞬《まばた》きしないまま盤を見つめる。

「ポーンは、基本1マスずつ進む。戻ったりはできない。スタート時だけは、2マス進める。斜めに進めるのは敵の駒を取る時だけ。ルークは前後左右何マスでも進むことができる」

レイは淡々と、全ての駒の説明をしていく。

「……って感じかな。キングを取った方が勝ち、っていうのはさすがに知ってるよな」

うん、とノーマンは頷いた。顎《あご》に手をやって、興味深そうに盤を眺める。

「面白いね」

「……まだ何も始めてねーけど？」

レイは訝《いぶか》しげに同年の兄弟を見た。この生まれながらの天才には、一体この開始前のチェス盤に何が見えているのだろうか。

「じゃ、ノーマンから指せよ」

レイに促《うなが》され、ノーマンは最初の駒を動かす。クイーンの前のポーンを、2マス前へ移動させた。

「…………」

引き寄せた膝に頬杖《ほおづえ》をつき、レイもまた、中央寄りのポーンを2つ前へ出した。

交互に、駒を動かしていく。ノーマンはさっきのレイの説明だけで、駒の動きは全て把《は》握《あく》していた。指しながら時折質問した。

「これって、可能なの？」

「ああ。けどキングとルークの場合は……」

レイはそのつど、淡々と答えていく。盤を挟んで、ノーマンはちらりと前髪に隠れたレイの表情を窺《うかが》い見《み》た。

レイは、不思議な兄弟だった。

物心ついた時からずっと一緒に育ってきたが、そんなノーマンでも、レイが何を考えているのか時々わからないことがあった。

楽しい時に大声で笑ったところを見たことがないし、ケンカして大泣きしているところも見たことがない。

自分も、エマのように根っから明るく、直情的な性格ではないけれど、レイのそれは本質的に違う気がしていた。

(同い年なのに、レイはどうしてこんなに落ち着いているんだろう……)

ナイトを前へ進めたレイの陣を、確認する。どういう思考をして、どういう形でチェックメイトを目指しているのか。ノーマンはその頭の中を考える。

（レイは何を考えているんだろう？）

気づくと一人、遊びの輪から離れて本を読んでいる。

一人が好きでそうしているのかと思う時もあったが、レイは自分から、兄弟達との間に線を引いているようだった。エマは問答無用にレイを引っ張っていって、その輪に入れてしまうけれど、ノーマンは時々考えることがあった。

どうしてレイは、時々すごく寂《さび》しそうなんだろう。

「あ」

そんなふうに考え事をしていたら、肝心《かんじん》のチェスの方が疎《おろそ》かになってしまっていた。ノーマンはチェス盤の戦況を見て、小さく声を漏らす。駒を置いたレイに、顔を向けてはっきりと言った。

「これ、僕はもう勝てないね」

「………！」

レイはノーマンの言葉に驚いた。ノーマンは確認するように盤を見渡す。

「うん、どのパターンで指していっても、勝つ方法はない」

まだ試合展開は決定的にはなっていないように見える。確かにこの15手目で、かなり中央にレイの黒駒が固められていた。このまま続ければ、自分の方が優勢に進められるだろうとは、レイも思っていた。けど、と口の中で呟く。

（……何手先まで、読んでるんだ……）

ノーマンは、これが初めてのチェスとは思えないほど、駒の動かし方とその特性を完璧《かんぺき》に把握していた。

レイは指しながら、ノーマンが狙っている布陣をイメージした。ノーマンがそれの成立のためにこちらの動きを制限、誘導しているのはわかっていた。

だがチェスには定跡というものがある。

序盤《オープニング》で有効な位置へ駒を動かしておけば、その後に相手がどれだけ攻撃しようとしても成功しない。レイが本を見て学んでいたのは、この定跡の部分だった。

むしろノーマンが、それを知らずにここまで駒を動かせていることに、レイは驚く。

「レイ？　そうだよね？」

ノーマンは向かいに座るレイに、確認するように首を傾げた。

「……ああ」

レイはそれ以外答えようがなく、頷いた。正直、ノーマンがシミュレーションしている手の全てを、レイには確かめようがなかった。

「うーん……」

顎に手をやって黙り込んでしまったノーマンに、レイは戸惑《とまど》いつつも、言葉をかけた。

「まぁ……その、最初だし」

「うん、すごいね、チェス！」

レイの声にかぶさって、ノーマンは珍しく大きな声を出した。向けられた、さっぱりとした笑顔に、レイは拍子抜けする。

「は……？」

ぽかんとするレイに、ノーマンは楽しそうに駒を元の位置に戻していく。

「うん、なるほど……もっと単純な遊びだと思ってたけど、すごく奥が深いんだね」

一人で何度も頷いた後、もう一度やろうよ、とノーマンが声をかけたタイミングで、部屋の扉が大きく開いた。

「ああ！　二人ともこんなところにいたんだ！」

開け放ったドアから、エマが部屋に飛び込んでくる。鬼ごっこから抜けてきたのか、まだ息を弾《はず》ませたまま、二人のそばへ駆け寄る。

「えー！　すごい、レイとノーマン、チェスできるの？　私もやりたい！」

ベッドに置かれたチェス盤を見て、エマは顔を輝かせる。ノーマンはおっとりと答えた。

「僕も今、レイに教えてもらってたところだよ」

「別に、俺は駒の動きを教えただけだ」

本当にそうだった。本来なら教えてもらいながら学ぶはずの定跡や試合運びを、ノーマンはその頭脳だけで導き出してしまっていた。

「じゃあ、レイ、次は私にチェス教えて！」

反対側からベッドによじ登り、エマは審判でもするように、チェス盤の横に座る。レイとノーマンの顔をそれぞれ見て、エマは名案とばかりに笑う。

「そしたら、三人でチェスできるじゃん！」

エマは表情を輝かせて、チェスの駒を指さす。

「えーっとじゃあ、私、こっち側の駒動かすから、ノーマンはこっからここまでね。レイはそっちの駒達の担当ね！」

「エマ、チェスってそうやってやるものじゃないよ？」

「……勝手に新しいゲームを作るなよ……」

ノーマンはおかしそうに笑い、レイは呆《あき》れて溜息《ためいき》をつく。

「えー？　じゃあ遊び方、教えて！」

「僕ももう一回やりたいな」

二人分、明るい笑顔を向けられて、レイはその一瞬に複雑な感情にとらわれた。さきほどエマが、何の意図もなく口にした言葉が蘇《よみがえ》る。

『三人でチェスできるじゃん！』

まるで三人一組の〝仲間〟みたいに。

（……俺は、違うのに……）

レイは顔を伏せた。

「……本読めば、覚えられる」

そっけなく呟いて、レイはチェスの解説本をエマに放り投げた。さっとベッドから足を下ろし、腰を上げてしまう。

「えー！　レイが教えてよ～！」

エマは部屋を出ていってしまうその背に、呼びかける。

「もーレイ～！　本じゃわかんないよー！」

「…………」

エマがお手上げとばかりに放り出した解説本を、ノーマンは受け止める。それからレイが出ていった扉の方を見つめた。

「……レイは」

「ねぇ、ノーマン！　私もチェスやりたいから教えて～！」

泣きつかれて、ノーマンは我に返る。

「うん、一緒に覚えよ？」

えーっと、この駒がキング、これがクイーンで……とノーマンは盤に並んだそれらを説明していく。

部屋の外、レイは聞こえてくる二人の声に少しの間耳を澄ませていたが、すぐにその場を立ち去った。


その日も、午後の自由時間の途中から雨が降り始め、子供達はハウスの中で室内遊びに興《きょう》じていた。

「あーやっぱ勝てないかー！」

「うーん、この作戦もママには通用しないのね」

イザベラと二対一でチェスの対戦をしていた兄姉が、チェックメイトされて叫び声を上げた。イザベラはいつも通り穏やかな笑顔で、キングを持ち上げた。

「ふふ、でも二人ともかなり上達したわね」

チェスの対決をしているすぐそばで、レイは膝に本を乗せて読書に耽《ふけ》っていた。

ちらりと見たチェス盤は、確かに兄姉側、白の有効な駒がいくつも残っていた。だが、それを攻撃に使いきれていないようだった。イザベラの駒は、その隙《すき》をつくように、あっさりと王《キング》を刺していた。

「どこで指し間違えたかわかる?」

イザベラの質問に、兄は腕を組んで眉《まゆ》を寄せる。

「えー?」

「どこだろ?　最初の方?」

答えを出せずにいる二人から、イザベラは視線を外《はず》した。唐突に、そばにいたレイへ声をかけた。

「レイはわかる?」

前触れなく問いかけられて、レイはびくっと肩を揺らした。涼しい笑顔で、イザベラはレイの回答を待っている。

「…………」

口元にだけ笑顔を張りつけたイザベラに視線を注がれ、レイは仕方なく本を閉じた。チェス盤へ近づき、勝敗の決まった盤面を見ながら、少し考えて指を動かした。

「……チェックメイトしたクイーンを、この時点で防ぐべきだった」

駒の配置を戻してみせたレイに、兄姉達は感嘆する。

「ああ、なるほどな！」

「そうね、レイ。合ってるわ。ほら、もしこうしていれば……」

イザベラはレイの答えに頷くと、他の駒の配置も戻し、今度は白の駒を移動させた。

「ほら、ここでチェックメイトできていたかもしれないわよ？」

「ほんとだ！」

見落としていた好機に、二人の年上は目を丸くする。役目を終え、レイが読書へ戻ろうとするのを、ぐいっと姉が引き戻した。

「じゃ、次はレイの番！」

「はぁっ⁉」

読書を再開させようとしていたレイは、無理矢理チェス盤の前に座らされてしまう。

「レイ！　俺達の仇《かたき》を取ってくれ〜！」

すがるように肩を揺さぶられ、レイは鬱陶《うっとう》しそうに兄の手を振り払う。

「……っ、わかったってば。やればいいんだろ」

観念して、再び本を置くと、レイはイザベラと対峙《たいじ》する。

イザベラは顎に手を添え、にこりと笑った。

「レイとチェスを指すのは初めてかしら？」

楽しげに呟き、イザベラは盤上の駒を最初の配置へ戻す。

「さ、選んでちょうだい？」

イザベラは、見えないように駒を握った両手を差し出す。チェスの先攻後攻は選んだポーンが白か黒かで決まるのだ。

レイはイザベラの右手を選んだ。

「白。レイからね」

配置し終えていた自分の黒の駒へ、イザベラは手を伸ばす。

「そうねぇ。初めてだし、ハンデをあげるわ……」

優しい声で言いながら、イザベラは自身の陣地のポーンを全て取り去った。

「っ！」

さらに、ビショップ一対《いっつい》も除き、レイの方へ顔を向けた。

「さ、これでどうかしら？」

イザベラの駒はキングとクイーン、一対ずつナイトとルーク、のみだ。

（……くそ、馬鹿にしやがって……）

レイは内心で悪態をつくが、表情には出すことなく、唇の端を持ち上げた。

「ありがと、ママ」

視線を合わせて、一瞬だけ誰にも気づかれない緊迫した空気が流れる。

レイは白のポーンを手に取ると、ゲームを開始させた。


圧倒的な駒数のハンデをもらったが、それでもイザベラを劣勢に持っていくのは難しかった。当然だった。レイだってようやく試合の進め方を身につけたところだ。

「ふふ、ここのルークはもらうわね？」

「……っ」

一つ、また一つと駒を取られるたびに、きっちり勝機を封じられていった。レイは必死に、盤の上の戦局に目を凝《こ》らした。一瞬でも読み間違えれば、あっという間にチェックメイトされそうだった。

この駒の数で、イザベラがどう攻撃してくるか。レイは想定できる限り思い描いてみた。駒だけで考えれば、自分の方がまだ圧倒的に有利なのだ。

「そうね……じゃあ次は、ここかしら」

だが相手はあのイザベラだ。

余裕の笑みを帯《お》びたまま、駒を進め、また一つ勝機を奪う。

レイは注意深く、勝ちに持っていけるよう陣地を整え、駒を動かしていった。防戦一方だったが、今できるのはそれだけだった。

（とにかく、チェックメイトに持っていかれないように……）

「さ、レイの番よ」

次の駒を動かそうとして、レイはぎくりとした。

（しま……った……）

キングを守っていたビショップが、イザベラが打ったクイーンによって釘付《ピン》けにされた。このビショップが逃げれば、クイーンによって必ずチェックメイトされてしまう。よってビショップは攻撃の駒として使うことができなくなった。

迫ったイザベラのクイーンを、攻撃できる駒も見当たらない。

表情を変えないままでいたレイも、思わず唇を噛《か》んだ。

（くそ……）

これだけ手加減されながらでも、自分はイザベラに勝つことができないのか。

もちろんこの手を打たれたからと言って、すぐに勝敗が決まってしまうわけではない。

だが今のレイの状況から考えれば、イザベラの手中に絶対取られたくない人質を取られているようなものだ。

普段は切り捨てている悔しさやもどかしさが、胸に溢《あふ》れる。別にただのチェスだ。簡単にチェックメイトされても、それが何だ。そもそも初めから、ママに勝てるわけがないのだ。そう頭で割り切っていても、突きつけられる現実にレイの感情は揺れ動いた。

「……くそ」

レイはうつむく。思わず声に出して、呟いた時だった。

「ここじゃない？」

その隣から、ひょいっと手が伸びて、レイのクイーンを動かした。

「ほら、こっちの駒をこうしたら？」

動かしたクイーンは、黒の陣地の駒を刺せる位置へ移った。この駒がキングの盾になっているので、黒のクイーンは防戦するため引き下がらざるを得ない。

一転した戦局に、レイは大きく目を見開き、そして隣からチェス盤を覗き込むその横顔を見た。

「ノーマン」

駒から指を離すと、ノーマンは対面するイザベラを見上げた。

「ねぇママ、僕も一緒にやっていい？」

尋ねたノーマンに、イザベラは少し目を丸くしてから、ゆったりと微笑《ほほえ》んだ。

「いいわよ。二人で相談してかまわないわ」

鷹揚《おうよう》にチェス盤を手で示す。「ありがとう」と言って、ノーマンはそこでやっと隣に座るレイの方へ視線をやった。

「いい？　レイ」

いつもの笑顔で尋ねられて、レイは気づけば頷いていた。

「……いい、けど」

ノーマンは隣に座ると、もう一度ざっと盤面に目を走らせる。その様子《ようす》を、イザベラがじっと観察していた。

ノーマンは駒を動かした。

追い詰められていたレイの布陣が、少しずつ復活していく。

「うーん」

ノーマンが何手か指した頃、遊戯室にエマが駆け込んできた。

「ああ！　ノーマン、レイ、こんなところにいた！」

探していたようで、エマは二人の姿を見つけて声を上げた。

「あっ！　チェスやってる!!」

エマは盤を覗き込み、歓声を上げた。

「すごい、二人が勝ってるんだ！」

「バカ、ママの駒が元から少ないんだよ」

レイの言葉に、エマは首を傾げる。

「じゃあ二人の方が負けそうなの？」

イザベラはくすりと笑って、エマに笑いかける。

「さぁ、どうかしら？」

盤を指さすと、イザベラは告げる。

「エマもいい手が浮かんだら、二人に教えてあげていいわよ」

「わかった！　まかせて、レイ、ノーマン！」

エマは胸を張って、腕まくりをする。レイは顔をしかめて呟いた。

「……いや、絶対ぐちゃぐちゃにするだろ」

「そんなことない！」

エマは自信満々に答え、それぞれの駒をじっくりと見る。その様子を、ノーマンは微笑ましく見守った。

普段なら、長期戦にはならないイザベラだったが、今回は簡単にチェックメイトには至らなかった。

膠着《こうちゃく》していた局面で、最初に声を発したのはエマだった。

「うーんと……」

エマは駒に手を伸ばす。

「ねぇ、この馬をさ」

「ナイトな」

レイに突っ込まれながら、エマはナイトの駒を移動させる。

「ほら、こうしたら？」

ナイトの動き方として間違いではない。けれどかなり変則的で突飛な一手だった。実際、レイもノーマンも、もしかしたらイザベラでさえ、この手は考えていなかったかもしれない。

ここにナイトが来ることで、イザベラのクイーンを抑《おさ》えることができた。

「あ……」

「すごいよエマ、お手柄！」

ノーマンはぱっと表情を明るくする。イザベラもまた、その手をじっくりと見た後、微笑んでエマを褒《ほ》めた。

「よく思いついたわね」

「えへへ」

褒められて、嬉《うれ》しそうにエマは笑顔になる。

「でも、簡単には勝たせないわよ？」

イザベラはそう囁《ささや》いて、一手を打った。

ノーマンはイザベラのその駒が、そのマスにやってくる瞬間を待っていた。

「うん、勝てはしないと思う……」

ノーマンは呟き、指先でルークを持つと、ゆっくりと置いた。

「だから、こうしてみた」

イザベラは盤の配置を見て、眉を持ち上げる。

「あら」

レイもまた、息を呑《の》んだ。

「……ステイルメイトだ」

出来上がった盤上の配置を見て、呟いた。

「え？　何？　ステ？」

エマは何が起こっているのかわからず、きょろきょろとレイとイザベラとを見やる。レイが、その言葉の意味を告げた。

「ステイルメイトは、引き分けのこと。ママの駒で、ルール違反にならずに動かせる駒がなくなった」

「へぇ、そう呼ぶんだ」

この陣を作り上げた本人は、けろりとしてそう言った。

「このままじゃどうしても勝てないから、せめてママが勝てないようにできないかなって」

「そっかー引き分けか～！　じゃあ次は勝ちたいな！」

エマは屈託なく言うが、イザベラとのチェスで、引き分け《ステイルメイト》に持ち込めただけで十分すぎる結果だった。

イザベラはエマとレイ、そして最後の一手を指したノーマンとを順に見て、それからフッと小さく笑った。

「三人とも、すごいわ」

ちょうどその時、「ママーっ」と幼いアンナとナットの泣き声が聞こえてきた。

「オモチャ壊れちゃった～！」

「動かないのっ」

「あらあらどうしたの？　今行くわ」

年少の子供達に手を引かれ、イザベラは立ち去る。ノーマンはチェス盤を見ているレイの顔を窺い見た。

「ね、レイ。三人でやったら、チェス、もっと強くなれると思わない？」

「…………」

レイはチェスの駒をそっと持ち上げる。

イザベラとのチェスは、一人で戦って一人で負けるのだと思っていた。

一緒に戦ってくれる仲間はいない。自分は、胸を張ってこの二人に『仲間』とは言えないのだ。

でもせめて、騙《だま》していても、裏切っていても、この二人だけは、エマとノーマンだけは、守りたいと願っていた。

（けど……）

レイは前髪の中から、ノーマンに小さく笑いかけた。

「……かも、な」

三人なら——いつか訪れる本当の戦いにも、勝てるはずだ。

こつ、と盤の上に駒を置く。

「あの時のこと、覚えてる？」

ノーマンは幼少時代の思い出を振り返る。

「うん、思い出した」

エマは楽しそうに頷く。ベッドの上で、抱えた膝に笑顔を乗っける。

「すごいよね、ママ相手に引き分けまで行ったんだもん」

「……あんだけ手加減されてりゃ、そりゃな」

あそこでイザベラから引き分けにできたのは、駒数のハンデももちろんだが、イザベラ自身が油断をしていたのも大きい。まだ自分達の能力を、評価している最中だったからだ。

今はもう違う。

唐突にノーマンが口を開いた。

「ねぇ、チェスの格言、知ってる？」

「格言？」

エマは首をひねって聞き返す。うん、とノーマンは頷き、歌うように唱《とな》えた。

「『序盤は本のように、中盤は奇術師のように、終盤は機械のように指せ』――それがチェスで勝利するための格言なんだよ」

ノーマンは駒を動かしていく。

「ゲームの序盤に求められるのは、これまでの知恵、知識」

膨大《ぼうだい》な情報の蓄積によって導き出される最善手。

定跡と呼ばれる、過去に先人達が編み出した戦略を、自身のものとし進めていく。

「けど途中から、それは通用しなくなる」

呟きながら、ノーマンは一人で交互に駒を進めていく。

「中盤にさしかかり、駒が入り乱れた時、そこで求められるのは閃《ひらめ》きだ。誰も思いつかないような、奇抜な発想だよ」

あの時、活路を作ったエマの一手のように。

常識を打ち破るような、相手をあっと言わせる逆転の発想。

「そうやって戦って、最後に敵と対峙する時、求められるのは」

ノーマンは進めた駒で、王手した。

「機械のような完璧な頭脳」

どんな選択も見誤《みあやま》らないように。

一つ一つ、感情を排した確実な手を指していく。

序盤と中盤で作られた策を、最後に全て活《い》かしきって、王を刺す。

「どれか一つだけあっても、どれか一つでも欠けても、チェスは勝てないんだ」

ノーマンはそう言って、エマとレイとに笑いかけた。

「いい言葉でしょ」

「うん！」

「……ああ、だな」

レイはノーマンが駒を置いたチェス盤を見下ろした。あの時、『三人でやったら、もっと強くなれる』と言われた言葉がレイの胸に蘇る。それがどれだけ、今日《きょう》までの自分を励ましてきたか。レイの横顔を見て、ノーマンはふっと目を細めた。

その時、子供部屋の扉が開いた。入ってきたのは、見回りに来たイザベラだった。

「あら三人とも、もうすぐ消灯よ？」

部屋にやってきたイザベラは、ベッドに集まっている三人に声をかけた。

「ねぇママ」

エマは身を乗り出し、挑むような笑顔でイザベラを見上げた。

「ママとチェスやりたい」

こちらを向いた三人の顔に、イザベラはわずかに眉を動かしたが、すぐに柔和《にゅうわ》に笑った。

「しょうがないわね。一局だけよ」

ベッドに浅く腰かけると、スカートを直してイザベラは盤に駒を並べていく。

今度はもちろん一切手加減《ハンデ》なしの16駒同士。

ずらりと並んだ黒と白の駒を挟んで、イザベラと対峙する。

「さ、三人まとめてかかってらっしゃい?」

エマは、レイ、そしてノーマンと視線を交《か》わすと、最初の一手を打った。

＊　＊　＊

話を聞き終えて、エマはチェスを指す自分を想像する。その盤上遊戯がどんなものであるかは思い浮かべることはできるが、遊んだ記憶は失われている。

向かいに座る女性の姿は、想像の中で作った輪郭《りんかく》しかない。

「……私、どんなふうにみんなとチェスしてたんだろう?」

エマはぽつりと呟き、寂しく笑った。兄弟達がその表情を見て何か声をかけようとした時、エマはぱっと顔を上げて大きく笑いかけた。

「またみんなとチェス、やりたいな!」

その言葉と笑顔に、全員がつられるように笑った。

「もちろん」

「今度持ってくるよ」

ノーマンとレイにそう声をかけられ、エマは嬉しそうに頷く。

「私も、レイもノーマンも、ママには勝てなかったんだね。他の子、誰かママに勝てたことある？」

もっとチェスが得意な兄弟がいたのでは、と思って何気なく尋ねたエマだったが、それを聞いて兄弟達はみんな一斉に吹き出した。その反応の意味がわからず、エマはきょろきょろと、笑っている兄弟の顔を見る。

「え？　えっ？　なんか変なこと言った？」

ドンが笑いながら答えた。

「エマとレイとノーマンが勝てないママに、俺らが勝てるわけねーじゃん」

当たり前のようにそう言われて、エマは目を丸くする。

「そうなの？」

ノーマンとレイの方を見るが、二人とも肩をすくめるだけだった。ドンは続ける。

「昔から、エマ達三人は特別だったんだよ」

「毎日のテストも、いっつも三人満点で」

ナットが、自分のことのように誇らしげに話す。

「へぇ、そうだったんだ」

テストやチェスで勝《まさ》っていたと言われても、エマはぴんとこなかった。だがそう話す兄弟達の顔が得意げに輝くのは、見ていて幸せな気持ちにさせられた。

ギルダがエマを見ながら、微笑んで告げた。

「エマ達がいたから、私達、ハウスを脱獄してこられたんだよ」

これに対しても最年長以外の兄弟達は頷き合う。

「でも」

エマはギルダを、それからドンを見て、告げた。

「それ、二人がいたからでしょ？」

「え？」

思いがけない言葉を返され、ギルダは眼鏡《めがね》の中で目を見開く。

「ギルダもドンも、すごく頼もしいもん。きっと、そうだろうなって」

言われた二人は驚いた表情のままだったが、他の年下の兄弟達も、笑って頷いた。

「うん！　ドンとギルダがいたからだね」

「いっつも助けてくれたもん！」

どんな時も最も活躍し、成果を出すのは最年長のフルスコア三人だと思っていた。ドンは照れたように顔を赤くする。

「うぉお、なんか、すげぇ嬉しい」

「ほんとに、そんなふうに見える？」

ギルダは真剣な顔で、エマに詰め寄った。エマは何度か瞬きすると、満面の笑顔になる。

「もちろん！」

──ドンとギルダ

少しの間、じっとエマを見ていたギルダは、眼鏡《めがね》の奥で目じりを下げた。

「……今のエマに、そう見えてるの、なんだか嬉《うれ》しいな」

これまで経験してきたことを知らないエマから見ても、頼もしく感じられるなら――。

「成長できてるのかな、私達」

ギルダは懐かしく、10歳の頃を思い出す。

ハウスで真実を知らされた日から今日《きょう》まで、ただただ必死に駆け抜けてきた。

ギルダは、コニーが里親のもとへ旅立った日、エマとノーマンが、忘れられたリトルバーニーをこっそり門まで届けに行ったことを知っていた。

夜にハウスの外に出てはいけない決まりだったが、ギルダは二人の行動をそれほど心配してはいなかった。

なんと言ってもノーマンとエマだ。きっとすぐに戻ってきて「コニーに渡せたよ！」と言ってくれると思っていた。

だがハウスへ帰ってきたノーマンとエマはギルダに、ママには内緒にしておいてほしいと伝えてきた。ギルダは頷《うなず》いたが、二人に違和感を覚えていた。

その翌日からだ。エマの様子《ようす》がどことなくおかしいと思ったのは。

家族といる時はいつも通りにしか見えなかったが、ふと、一人でいるエマが考え込むような表情を浮かべているのに気づいた。話しかけようと思っても、自由時間が始まるとどこかへ行ってしまう。

そんな不安を胸に抱《いだ》いている時に、エマ達から告げられたのが、『ここを出た兄弟達は、悪い人に売られていた』というものだった。

ギルダは、あの夜の図書室のことを思い出し、目を細める。

「あの時、私達にエマは最初、真実を言わなかったんだよね」

「そうだったの？」

エマは意外そうにその言葉に首を傾けた。

「あー、あれね……」

ドンも思い出して、ばつが悪そうに笑う。レイとノーマンも、考えの足りなかった自分達の過去を振り返って、薄く苦笑を浮かべた。

「でもなんで、私、ドンとギルダに言わなかったんだろう……？」

不思議そうに呟《つぶや》くエマに、ギルダは微笑《ほほえ》みかけた。

「傷つけたくなかったからでしょ」

ギルダもドンも、今ならあのエマの行動のわけがよくわかる。

（もしも私がエマだったとしても、言えなかっただろうな……）

平和だと信じていたハウスで、突然、兄弟の死やママの裏切りを家族に伝えなければならなかったら。

ノーマンが目を閉じたまま、懐かしそうに頷いた。

「でも、ドンとギルダのことがあったから、エマは他の子にも伝えようって決意したんだよ」

シーツの揺れるハウスの庭で打ち明けたエマの顔を、ノーマンは覚えている。

『私なりに考えたんだ』

エマがそう言って伝えた、『全員を連れ出す方法』。それは、他の子供達にも真実を明かそうというものだった。

「守るだけじゃなくて、みんなのこと、信じようって……」

周《まわ》りを頼ることは、時に守ることより難しい。ノーマンにはその感覚は、決まり悪いほどよくわかった。だからこそ、あの時のエマの選択は眩《まぶ》しく感じられたのだ。

ドンとギルダは、あの頃を思い出して苦笑《にがわら》いする。

「ま……ハウスにいる時の俺ら、エマ達みたいには、色々できたわけじゃねーしな」

「今考えたら、確かにお荷物だったかも」

「そんなことないよ！」

否定の言葉は、ノーマンでもレイでも、他の弟妹達でもなく、真っ先にエマの口からかけられた。

全員、驚いたようにエマの方を見る。

エマも気づいて、慌《あわ》てて付け足した。

「あっ……えっと、そう……思う」

思わず口をついて言葉が出たが、記憶もない自分がそんなふうに言うのは変だった、とエマは最後は尻《しり》つぼみになる。それを見て、ギルダはにこっと笑った。

「ありがと、エマ」

周りに座っていた子供達がエマの言葉に続くように口を開く。

「シェルターにいる時も、ドンとギルダ、すっごく頼りになったよ」

「鬼やっつけたのも、かっこよかったし！」

アリシアとマルクの言葉に、ドンは頭を掻《か》いて苦笑する。

「ははっ、あれはやっつけてねーって。運良く追い払えただけ」

「へぇ、その話、僕も初めて聞くな。そんなことあったの？」

ノーマンは首を傾《かし》げて聞いた。

「あれ？　話したことなかったっけ？　エマとレイがゴールディ・ポンドに行ってる間さ」

「私とドンで狩りに行ってて、森の中で、野良の鬼に追われて……」

ギルダは記憶をたどって、その時のことを振り返った。

＊　＊　＊

ドンとギルダは、まだ朝早いうちから、リュックに必要な装備を詰めていた。水筒や非常食、ナイフやロープなどを仕舞《しま》っていく。

最後に、弓の弦《つる》がしっかり張られていることを確かめて、矢と一緒に揃《そろ》える。

「おっし、行くか」

「うん」

朝食の片づけを手伝っていた年少の子供達が、ドンとギルダのもとへ駆けてくる。

「もう狩りに行くの？」

「今日はずいぶん早く出発するんだね」

イベットやドミニクが、昨日《きのう》の出発時刻を覚えていて、ドンとギルダを見上げてそう言った。ドンはリュックを背負うと、頷き返した。

「おう。今日こそ、デカイ獲物、獲《と》ってくるからな！」

勇ましく弓を掲《かか》げてみせるドンに、弟妹達は笑顔のまま答える。

「うん！　でも気をつけてね」

「無茶しちゃダメだよ」

ギルダは優しい弟妹達に笑いかけた。同じようにリュックを背負い、弓矢を携《たずさ》える。

「大丈夫。ありがとう」

そう答えてから、ドンと目を合わせる。

ドンもまた、表情を引《ひ》き締《し》めて頷き返した。

梯子《はしご》を上り、シェルターの蓋《ふた》を開け、外へ出る。見渡す限りの荒野が、目の前に広がる。

「無茶はできねぇけど……さすがに今日こそは、獲物捕まえねぇとな」

「うん……そうね」

冷たい風が、二人のコートを揺らしていく。ドンとギルダは、生き物の気配のない大地を見渡した。

昨日、一昨日《おととい》と、二人はまともな狩りの成果を得られていなかった。

ドンとギルダ達兄弟は、ハウスを脱獄し、ウィリアム・ミネルヴァが残した手がかり——B06ー32の座標を目指してこのシェルターへやってきた。

シェルターにはミネルヴァの姿はなく、代わりに十三年前の脱走児である謎の〝オジサン〟が待ち構えていた。敵か味方かわからないその人物と、新たな座標の手がかりを頼りに、エマとレイはこのシェルターを旅立った。

あれから三日が経《た》っていた。

シェルターは生活するには申し分ない施設だったが、食料調達のためどうしても外へ出る必要があった。シェルターの食料庫に備蓄はほとんどなく、ハウスから持ってきた保存食はこの先のために、極力残しておきたかった。外で鳥などの獲物を獲れば、日持ちする缶詰などの肉は減らさずに済む。

だが外に出れば、当然、凶暴な野良鬼や農園の追手に出会う危険があった。見つからないように注意を払いながら、ドンとギルダは兄姉の留守を預かり、弟妹達を守っていた。

一日目はシェルターのすぐそばで、ドンが鳥を捕まえることができた。エマから狩りのやり方を教えられていたドンは、これなら自分達だけでも狩猟を行っていけると、手ごたえを感じていた。

　だが翌日から、獲物の姿がぱたりと見つけられなくなってしまった。トカゲやヘビ、ネズミのような生き物は捕まえることができた。だが兄弟全員で分け合えば、数匹の小動物だけでは一人分はごくわずかになってしまう。なんとか大物の鳥を手に入れたいところだったが、鳥は今日も、上空高くを通り過ぎていく影しか見つけられなかった。

「やっぱり、シェルターの周りだけで探すのは難しいわね」

　ギルダは辺《あた》りを見渡し、ふぅと息を吐き出す。

　シェルターは、生き物のほとんど寄りつかない荒野の中心近くにある。そのため野生の鬼の生息地帯とは距離を取ることができるが、同時に獲れる獲物も限られた。

「そうだな……」

　ドンは、シェルターで待っている弟妹達の顔を思い浮かべる。

（エマとレイがいない間、あいつらが頼りにできるのは俺達だけなんだから）

　落胆《らくたん》ばかりさせていられない、とドンは意気込む。

「おっし、今日は森の近くまで行ってみようぜ」

　ドンの提案に、ギルダも反対はしなかった。出発する前から相談していたことだった。

　そのために今日は、早めに狩りに出発したのだ。

「そうね。木の実も手に入れたいし、よく警戒して森の方へ近づいてみましょう」

方角を確認し、ドンとギルダは、森の広がる方角へ、場所を移動していった。

シェルター周辺はわずかに地面が隆起《りゅうき》している程度で、拓《ひら》けた地形だ。木々や草も少ない。しばらく歩くと、周りの景色が少し変化し始めた。二人は岩地に出た。さっきまで平らだった地面には、あちこちに大きな岩が重なり合う。ここを通り過ぎると、森の端に到着する。すでにだんだんと草や痩《や》せた低木の緑が見え始めていた。歩いていたギルダが、何かに気づいて、進んでいた先を指《さ》した。

「ドン、あれ見て」

大きな鳥の群れが、岩場に一本だけ生《は》えた木の上で、羽根を休めていた。

「うおっ、すげ！」

ドンは矢をつがえ、その中の一羽に狙いを定めた。

（当たれ……）

息を吐き、指を震わせないように矢を放つ。真《ま》っ直《す》ぐに飛んでいった矢は、狙った鳥を射貫《いぬ》くことに成功する。周りの鳥が驚いて飛び立っていった。

「っしゃ！」

まだ温かな鳥を丁寧《ていねい》に儀程《グプナ》し、ドンは袋に入れる。儀程《グプナ》――祈りと血抜きを兼ねたこの行為も大物で行うのは久々だ。

「良かった……」

「今まで獲れた鳥で、一番デカイかもな！」

獲物を得ることができ、ギルダとドンの間に安堵《あんど》の空気が広がる。このまま、エマやレイ達が戻ってくるまで、一羽も獲れないままだったらどうしようかと二人とも口にはしなかったが、心の中では案じていたのだ。

ギルダは周囲を見渡して呟く。

「この辺、やっぱりけっこう獲物いるね」

「だな。さっきの鳥の群れ、そう遠くには行ってないはずだ」

ドンは獲物を袋に入れて担《かつ》ぐ。その重みが気持ちを上向かせた。

「おーっし、今日はたくさん捕まえて帰るぞ！」

ドンは力を取り戻した足取りで、ギルダとともにさらに森の方へと歩き出した。

二人が立ち去った後の岩場は、しんと静かになる。岩の上を小さな昆虫が動き、何かの気配を察知して飛び立っていった。

岩の陰《かげ》から、ズズ……と黒い影が這《は》い出《で》てくる。

トカゲのような野良鬼が、擬態《ぎたい》していた岩の陰から姿を現す。鬼は鳥の儀程《グプナ》を行った場所の臭《にお》いを嗅《か》いだ。そこに残された血の臭いと、そして微《かす》かに残った人間の臭いを嗅ぎ取った。

「グァ……」

開いた顎《あご》の中、ずらりと並んだ牙《きば》の間に唾液が糸を引く。

野良鬼はその〝好物〟の臭いを求めて、動き出した。

緑が増えてくると、茂みや木の洞《うろ》に生き物の姿を見つけることができた。

ドンは森の中で、さっきの鳥の群れを再び見つけ、ギルダとともに一羽ずつ射ることに成功した。

「よっしゃー！　三羽も！　これなら保存用に加工もできるぞ！」

「うん。少しだけど木の実や薬草も手に入ったし」

ギルダは布にくるんだ木の実の数を数える。ムジカが教えてくれた食べられる実だ。小さいが、こっくりとした甘みがある。ギルダは、弟妹達が喜ぶ顔が目に浮かんだ。薬草も荒野では手に入らない植物ばかりだ。

日の位置が西へずれてきている。ギルダはドンに声をかけた。

「そろそろ戻りましょう」

「そうだな」

このサイズの鳥が三羽獲れれば、家族で十分分け合える。今夜の夕食は、いつもより切り詰めず贅沢《ぜいたく》できるかもしれない。そんなことを話し合いながら、帰路を進んだ。

木々が途切れ始めた辺りまで戻ってくる。シェルターの位置をコンパスで確認しながら、ドンとギルダは歩《ほ》を進めていった。

「………………」

歩きながらギルダは、ふと物音を聞いたような気がして、後ろを振り向いた。

夕暮れの近づいた森は、枝葉の間から傾いた光が差し込んでいる。狩りで来ているのでなければ、ゆっくり散策でもしたいほど豊かな森の風景だ。

けれど、何かが変だと思った。その理由がわからず、ギルダは考えながらも再び前を向いて歩き出した。

だが数歩もいかないうちに、再び背後を振り返った。今度は足を止め、じっと見つめる。

「ん？　ギルダ？　どうかしたのか？」

前を歩いていたドンが、立ち止まったギルダに気づく。

「……ねぇ、ドン……さっきから何か」

ギルダは背後の森へ目を凝《こ》らす。森の中は静かだ。動くものはない。そこまで考えて、ギルダは気づいた。

静かすぎるのだ。

さっきから、絶《た》えず聞こえていた小鳥の鳴き声が止《や》んでいる。あちこちから感じられた生き物の気配が感じられなくなった。目の前の森は、風が草木を揺らしていなければ、まるで突然絵画になってしまったように不気味に静まり返っていた。

その中を、微かに、音が動いていく。

ズズ……と。

(何……？)

ギルダは眉《まゆ》を寄せ、木や草むらを凝視する。何も見当たらない。音も止んだ。

やはり自分の気のせいだったのか、と思った時、木漏《こも》れ日《び》でまだらになった下草の中、ぎょろりと目玉が動いた。

「!!」

二人同時に息を呑《の》んだ。気づいた瞬間、茂みの中に潜《ひそ》んでいた、トカゲのような姿の鬼も飛び出してきた。

「走れッ!!」

森の中をドンとギルダは駆け抜けた。ドンが背後のギルダを振り向き、その向こうに見える鬼の姿に顔を引きつらせる。

(やばい……!)

遭遇しないことが大前提であったはずなのに。

外で、鬼に見つかってしまった。

ソンジュ達に出会う前、森で巨大な野良鬼に追われた記憶が蘇《よみがえ》る。今追ってきている個体はあれほど大型ではないが、自分達を襲って捕食するには十分なサイズだ。

ドンとギルダは逃げ込める場所を探して走っていく。荒野に出れば、今度は身を隠す場所がなくなってしまう。だが鬼は確実に距離を詰めてくる。追いつかれるのは時間の問題だ。

(何かで足止めしねぇと……!)

ドンは持っていた袋に手を突っ込んだ。中に入れてあった獲物の一つを取り、逡巡《しゅんじゅん》した後、悔《く》しげに叫ぶ。

「ああっ、くっそー!」

摑《つか》んだ獲物の鳥を、ドンは鬼に向かって投げつけた。

鬼が目の前に落ちてきた肉を貪《むさぼ》っている間に、ドンとギルダは距離を稼いだ。ギルダは視界に入った巨大な倒木を指さした。

「ドン、あそこに!」

予想通り、朽《く》ちた木はその中が空洞になっていた。ドンとギルダはその中へ身を隠す。

止まった途端、どっと汗が吹き出た。ギルダは肺が痛くなるほど上がった呼吸を、必死に整える。同じように胸を押さえながら、ドンは周りの気配を探った。

「撒《ま》けた、か……？」

足音は聞こえてこない。あの鳥の獲物で諦《あきら》めてくれればと、ドンは胸の内に祈る。ギルダは鼓動が落ち着くのに合わせて、冷静さを取り戻してきた。今の自分達の状況を確認する。

「風下……臭いは届かないはず」

木の中へと微かに吹き込む空気から、風向きを考える。そして今の走ってきた距離と方角を、ギルダは頭の中の地図と照らし合わせた。森の端に沿って走ってきたので、シェルターから遠ざかっているわけではない。

「このまますぐに荒野に出た方がいいんじゃない？」

森を離れれば、鬼も縄張りではない荒野まで追いかけてくることはないはずだ。追われていない間に、彼らの生息範囲から逃《のが》れた方が安全だと判断する。

「そうだな……今のうちに」

ドンが言いかけて、倒木から出ようとした時だった。

ズズ……と、明らかに風で葉が揺れる音とは異《こと》なる響きが聞こえた。重たいものが、地面を擦《こす》っていく音。同時に生臭いような臭気が漂ってくる。

ドンは息を止め、動きを止める。ギルダと目を合わせる。

さっきの鬼だった。

「グ、ガゥ……」

低い唸《うな》りとともに、野良鬼が地面の臭いを嗅ぐ。その荒い息遣《いきづか》いが聞こえてきた。地面を這うその足音は、確実に自分達の方へ近づいてくる。

「……ここにいても見つかる……」

「……近づかれる前に」

ドンとギルダは声量を落として言《い》い交《か》わすと、ゆっくりと、物音を立てないよう、倒木の陰から移動していく。

鬼はもう、木の反対側まで来ていた。その視界に入らないように、音を拾われないよう、慎重《しんちょう》に移動していく。森の中は草や砂利など音を立てるものが多い。すぐに距離を取りたい焦《あせ》りを鎮《しず》めて、少しずつ鬼から離れていく。

トカゲのようなその鬼は、何度も執拗《しつよう》に地面の臭いを嗅いだ後、顔を持ち上げた。細い舌を動かし、空中の臭いも確かめる。

（……ここまで、来れば……）

ドンとギルダは、息を殺し、歩を進めた。少しずつだが、鬼との距離は広がっていった。

このまま気づかれず荒野まで行ける。そう二人が思った時、風向きが変わった。

いたずらな風が、鬼がいる場所へ人間の臭いを運んでいった。

気づいた鬼は、素早く二人のいる方へ顔を向けた。そして咆哮《ほうこう》を上げると、その朽ちた幹の上に躍《おど》り出《で》た。

「ガァアッ！」

その無数の目がはっきりと二人の姿を捉《とら》えていた。

ひっ、と息を呑んで、ドンとギルダは走り出した。このまま荒野へ出ることはできなくなってしまった。ドンはさっき通ってきた場所の記憶を引っ張り出す。

「あの岩地！　最初に鳥撃ったあの岩地まで行くぞ！」

ギルダもすぐに、どこのことかわかった。あの岩地には、岩と岩の隙間《すきま》に、自分達なら逃げ込めるような空間がいくつかあった。

走っていくと、鳥を射た大きな木が見えてくる。そのそばに、岩で囲まれた隙間があった。

「あそこなら！」

「うん！」

背後にはもう、鬼の影が迫っている。ドンとギルダはその隙間に滑り込んだ。

「ガァァッ‼」

砂煙を立てて、鬼の爪が一瞬前まで自分達の体があった穴の入り口を引《ひ》っ掻《か》いていった。

「はぁ……はぁ……」

二人は半分地面に埋まり、洞窟《どうくつ》のようになった岩の隙間で息を整える。身を屈《かが》めていなければいけない体勢だが、思っていたより中は広さがある。

「どう、しよう……」

ギルダは震える声を漏《も》らした。

岩の隙間からは、鋭い爪が何度も地面を掻くのが見える。

この野良鬼は、知能はそれほど高くないし大きさも巨大と呼べるほどではないが、恐ろしく臭いに敏感だ。一度人間の臭いに気づけば、しつこくその後を追ってくる。

「……このまま私達が、シェルターに戻ったら」

ギルダが何を考えているか、ドンにもわかった。

ここでこの鬼を撒かなければ、シェルターにまで追いかけてくる危険がある。

鬼は荒野に寄りつかないとは言え、自分達がおびき寄せてしまう可能性もないとは言えない。ドンは頷いた。ひそめた声で呟く。

「弟妹達《あいつら》を危険にさらすことだけは、避けねぇと……。それに荒野に出たらまともに身を隠せる場所がなくなる」

そんな場所で鬼に追われればひとたまりもない。

隙間から、鬼の目が覗《のぞ》く。その大きな口からは、だらだらとよだれが地面へこぼれている。自分の爪が削《けず》れるのもいとわず、野良鬼はなんとか、この岩の間にいる獲物を手に入れようと執拗に足掻《あが》いている。

「………」

ドンもギルダも、息をつめて、その様子を見守った。鬼を撒く以前に、ここから自分達が無事に逃げ出せるのかすら、わからない。

（もし俺らがここで……）

（二人とも、この鬼に食べられたりしたら……）

シェルターで待っている兄弟達のことを考え、二人は顔を強張《こわば》らせた。エマとレイがいない中、年長の自分達が二人とも欠けることは、なんとしてでも避けなければいけない。

ギルダは岩と岩が重なり合ったその隙間内を、手探りで確認していく。そして奥に、まだ進める空間があることに気がついた。

「ねぇドン、この岩の隙間、奥にも通じてるみたい」

ギルダは岩の奥へと体をずらしていった。覗き込むと、さらに奥へと進むことができ、外の景色が切り取られて見えている。

「鬼が入ってきそうか？」

「ううん。たぶん……私が、ギリギリ通れるくらいかな」

ギルダは岩の間を這い進み、その隙間の幅を確かめる。

ドンはその奥にできた穴と、入ってきた場所を徘徊《はいかい》している鬼の姿を見比べる。持っていた獲物の袋を、ギルダに突き出した。

「……んじゃ、俺が鬼の注意を引く。だからギルダは、その間に逃げろ」

ギルダはすぐに語気を強めて言い返した。

「ドンはどうやって逃げるつもり？　囮《おとり》になるなんて言わないで」

真剣なギルダの視線を前に、ドンは手を上げた。自分の非をすぐに認める。

「悪い、わかった……けどじゃあ、どうやって逃げる？」

外からは、鬼の唸り声と動き回る音が絶えず聞こえてくる。確かに一方が囮になれば、一人はシェルターまで逃げきれるかもしれない。だが、たとえより確実だったとしても、その方法は二人とも選びたくなかった。それが家族を切り捨てず、ハウスを脱獄してきた自分達の信念だ。

「何か方法、考えましょう」

「ああ、そうだな」

ドンは同意した。その言葉を口にしたギルダも、きっと同じことを考えているのだろう。

エマなら、きっとそう言うはずだ、と。

打つ手がなくなったと思えるような窮地《きゅうち》でも、考えることを投げ出すことはない。

二人は背負ってきた荷物から、所持品を取り出し、あらためた。

「矢は六本ずつ。ナイフと……うーん、後は武器になりそうなものはないな」

「水と非常食、ロープとコンパス、懐中電灯、応急処置の道具……」

これだけで、とても鬼と戦えるとは思えなかった。矢を射れば多少怯《ひる》ませることはできるかもしれないが、致命傷は難しいだろう。ナイフではリーチが足りなさすぎる。

ドンとギルダはいくつか案を出し合ったが、どれも現実的とは思えなかった。これがうまくいきっこない、ということはわかるのに、肝心《かんじん》の〝正解〟が出せない。

(こんな時、エマやレイだったら)

エマやレイ――ノーマンだったら、あっと驚く知恵や機転で、切り抜けられるはずだ。

ハウスで脱獄を目指した時間が、ドンとギルダの中をよぎっていく。それより前から、三人は特別だった。

比べても仕方がないと思うくらい、エマとレイとノーマンの三人は圧倒的に秀《ひい》でていた。

でも、あの日、確かに悔しかったのだ。

ハウスの真実を告げられずに、守られたことが。

自分達に、助けになるだけの力がないという事実が。

それから今日まで、必死に学んできた。厳しい条件の中で、どう物事を成功に導いていくか。障壁《しょうへき》に思えるものを、逆手に取る方法。全部、前を歩いてきたあの三人が教えてくれたものだ。

並べた所持品を見て、考え込んでいたギルダは呟いた。

「やっぱり……逃げるためには、囮がいる……」

「えぇっ⁉」

さっき言っていたことと真逆のことを口にするギルダを、ドンは驚いて見返す。ギルダは、顔を上げて呟いた。

「ねぇ、ドン、考えたんだけど」

ギルダは自分の作戦を、ドンに伝えた。暗闇《くらやみ》の中、ギルダは不安そうに眉を寄せた。

「いける、かな」

「わっかんねぇ……でも」

ドンは上着を脱ぐと、にっと笑った。

「やってみようぜ！」

日が傾き始め、岩の隙間から漏れてくる光が、夕暮れの色を帯《お》び始める。

ギルダは岩穴の奥、外に続く隙間ギリギリまで近づく。その腕の中には、布の塊《かたまり》が抱《かか》えられていた。

反対側から、ドンが声をかけた。

「準備いいか？」

「うん」

ギルダが頷き返すと、ドンは息を吸い込んだ。そして岩の隙間から大声を飛ばした。

「こっちだ！ 来い！」

叫びながら、穴の隙間からロープを揺らす。鬼は吠《ほ》え声《ごえ》を上げて隙間へ爪を突っ込んだ。

「ははっ！ 鬼さんこちら!!」

ドンは上擦《うわず》りそうな声を奮《ふる》い立《た》たせ、張り上げる。ドンが鬼の注意を引いている間に、
ギルダは丸めた布を抱えて、物音を立てないように反対側の穴から外へ這い出た。

「グァウッ!!」

すぐ近くで、鬼が獰猛《どうもう》な唸り声を上げている。石を砕きそうな爪の衝撃《しょうげき》が、地面を伝わってくるほどだった。

安全な穴の中に戻りたくなる体を叱咤《しった》し、ギルダは走る。そしてすぐそばに生えた木に、石を括《くく》ったロープを投げ上げた。ロープを枝に回すと、もう一方の端に結びつけた布を地面に置き、石を結んだ側を持って岩陰《いわかげ》に身を隠した。高い枝に引っ掛かったロープが、地面に置かれた布の塊と、岩に隠れたギルダを繋《つな》ぐ。

(お願い……うまくいって……)

そのロープを、ギルダはゆっくりと手繰《たぐ》っていった。

ロープに引き上げられ、地面に置いた布が、揺れながら持ち上がっていく。

それは、ドンが着ていたコートだった。その中に獲物を入れて、肉の臭いがするように作った〝囮〟だった。

服が完全に持ち上がると、カカシのように、人影が立っているようにも見える。ギルダはそのロープを、何度か引っ張る。

地面の上、コートがゆら、ゆらと動く。その動きと、漂ってくる血肉の香《かお》り——そしてそれに混ざる人間の臭いに、野良鬼は鼻先を持ち上げた。

「グ、ゥ……」

ギルダは震えそうになる声を、振《ふ》り絞《しぼ》った。

「こっちよ!!」

その声に、野良鬼は動く人影に飛びかかっていった。

ギルダはロープを持ったまま走り出した。鬼はギルダではなく、コート《おとり》を追って、するするすると幹を上っていった。

（かかった……！）

ギルダはロープが伸びきったところで、重石《おもし》をその場に放り出し、さらに走る。高い枝の上に、囮だけが引っ掛かって残った。ギルダは走りながら胸の中で念じる。

（やれることは、少ないけど……）

その時にはドンも岩の隙間から出てきていた。ギルダの逃げた方角へ、岩を迂回《うかい》して駆けていく。この策がだめだったら、後は自分の足頼みだ。荒い呼吸をして、ドンはただひたすら岩場を走った。

岩を跳《と》び越《こ》えながら、二人の頭の中を、どんな時も頼もしいエマ、レイ、そしてノーマンの姿がよぎっていく。

一つ年上の兄弟達は、いつも的確な指示を出し、家族を助けてきた。

（あの三人《フルスコア》みたいに、かっこよくねーかもしんねぇけど……）

ドンとギルダは叫んだ。

（あんなふうになりたい――!!）

鬼は、枝に掛かった囮に、巨大な口を開けて食らいついた。

その叫び声が、夕焼けの中に響き渡る。

「ガァアッ！」

（やった!!）

ドンとギルダは走り去りながら、背後を振り返った。

鬼は囮に咬《か》みつきながら、その口から血を溢《あふ》れさせていた。あの囮の中身には、ナイフを仕込んであった。刃が飛び出るように包帯できつく巻きつけ、鬼が口に入れた時に突き刺さるようにしたのだ。

肉を咬み砕こうとするたび、中のナイフが鬼の口腔《こうくう》を切り裂く。ナイフがその上顎《うわあご》を貫《つらぬ》き、野良鬼はのたうち回って絶叫した。

「っしゃ!!」

口から血飛沫《ちしぶき》を飛ばしながら、鬼は枝から落ちていった。

その隙に、ドンとギルダは荒野を目指して、ひたすら走り続けた。

すでに日が暮れ、辺りは暗くなっていた。

「はぁ、はぁ……」

息を切らし、ドンとギルダは荒野の中心までたどり着く。

シェルターの入り口が見えてきた時、二人は安堵のあまり、その場に膝《ひざ》から崩れそうになった。ここを出発したのが、もう何日も前のことのように思えた。

「っはぁ――――」

中に入って、しっかりと扉を閉め終えると、ドンもギルダも大きく息を吐き出した。安全な場所に戻ってこられたのだ。そう思った瞬間、気が緩《ゆる》んで涙が出そうになる。だが通路を駆けてきた弟妹達の姿に気づいて、なんとか二人とも泣き顔を引っ込めた。

「ドン！　ギルダ!!」

こちらに走ってきた弟妹達の顔の方が、涙でぐしゃぐしゃになっていた。

「わぁん、帰ってきたー！」

「おかえりー!!」

「大丈夫!?」

ジェミマやマルク、年少の子供達が、一斉に二人に抱きついた。

「ごめんな、心配かけて」

「みんな、ごめんね」

ドンは弟妹達の頭を撫《な》でる。ギルダも泣きじゃくる子供達の背をさする。

ナットが、コートも着ていないドンと、砂で汚れたギルダを、交互に見る。

「日が沈んでも帰ってこないから、心配してたんだよ」

「はは……それが」

ドンとギルダは、獲物が獲れず森の端まで足を延ばしたこと、そこで野良鬼に見つかり、撃退しながらなんとかシェルターまで逃げてきたことを話した。

「えぇえっ⁉ 鬼に遭遇⁉」

「だっ、だっ、大丈夫だったの⁉」

トーマとラニオンが叫ぶ。他の兄弟達も全員、驚愕《きょうがく》して固まった。

「はは……途中もうだめかと思ったけどな。なんとかなったわ」

情けなさそうにドンは笑い、ギルダも心配顔で頷いた。

「隙をついて逃げてこられただけだから、これからの狩りも、あの地帯は注意しないと……」

今の自分達には、鬼から逃げる隙を作るだけで精一杯だった。

驚いた顔をしていた兄弟達は、もう一度ドンとギルダにぎゅっと抱きつく。

「ドンもギルダも、無事でほんとに良かったぁっ」

「エマもレイもいないのに……ドンとギルダが帰ってこなかったら、どうしようかと思ってたよ」

兄弟達の言葉を聞き、ドンとギルダは、あらためて怪我《けが》を負うこともなく、戻ってこられたことに感謝した。

自分達は、シェルターに残した兄弟達のために獲物を獲り、鬼を近づけさせまいと戦ってきたが、守ろうとした兄弟達はみんな自分達が無事かどうかを、一番に心配してくれていた。兄弟の性格を考えれば、当然だった。

「ありがとう」

最年長に比べれば、頼りない兄姉かもしれない。

それでも慕《した》ってくれる兄弟達に、ドンとギルダの胸に温かなものが広がる。

「ほんとごめんな、心配かけて」

ロッシーが涙を拭《ぬぐ》い、アリシアが笑顔を取り戻す。アンナが、ゆっくりと首を振った。

「ううん。二人が無事だったからいいの」

食堂へ向かう間も、子供達はドンとギルダの手を引きながら、賑《にぎ》やかに言い交わす。

「二人だけで、鬼から逃げきったの、すごいね！」

「森で追いかけられた鬼より、おっきかった？」

「いや、あれよりは全然小さいけど……あっ！」

そこでドンは思い出し、片手で持っていた袋を持ち上げた。そしてがっくりと肩を落として呻《うめ》いた。

「実は……せっかく捕まえた獲物、その鬼から逃げるのに使っちまったんだよ……結局一羽しか残ってない」

三羽も獲れたのにさぁ、とドンは悔しそうに告げる。ギルダも揃って肩を落とした。

「そうなの。今日こそ、狩りを成功させてこようって思ってたんだけど……」

不甲斐《ふがい》なさそうにドンとギルダは話す。その様子を見ていた兄弟達は一度きょとんとした後、笑い声を弾《はじ》けさせた。

「二人が無事ならいいよ！」

「一羽でも十分！」

「ドンとギルダが、命がけで獲ってきてくれたご飯だもん！」

「大事に食べなきゃね」

その答えに、ドンとギルダは目を丸くする。

「え……」

これまで、ハウスにいた頃は、毎日美味《おい》しい食事が必ず用意されていた。その生活から突然、保存食と、狩猟採取で得た食料の暮らしに切り替わってしまった。

幼い弟妹達が不平や不満を口にして不思議ではないはずなのに、誰もこれまで、ぐずって困らせるようなことをしなかった。

どの子も幼いながら、兄姉達が食べ物を獲ってくるのが簡単ではないということを、しっかり理解していた。

「うん……ありがとう、みんな」

ギルダは弟妹達に、微笑みかける。ドンもまた、照れくさそうに鼻をこすった。

その晩は温かい鳥肉のスープを作って、遅い夕食となった。一羽の鳥では、家族全員で分けてしまうと十分な量とは言《い》い難《がた》かったが、それでもテーブルには笑顔が溢れた。代わりに甘い木の実は食後のおやつとしてみんなで贅沢に頬張《ほおば》った。

最年長のエマとレイの不在は、誰の胸にも不安の影を落とした。

二人が無事に戻ってこられるのか。その間に自分達には、何ができるのか。ドンやギルダがプレッシャーを感じていたのと同じように、年下の子供達もまた、甘えてばかりではいけないことをそれぞれ自覚していた。

助けたり守ったりは、多くはできなくとも。

支え合うことはきっと、この場にいる誰もが全員、得意なことだ。

念のため、その夜、ドンとギルダは交代でモニターの見張りをしていたが、あの鬼が自分達を追って、このシェルターまでやってくることはなかった。

鬼の襲撃がなくても、シェルターの留守を預かる責任は変わらない。

シェルターに残った兄弟達は、警戒を怠《おこた》らず狩りを行い、保存食を増やした。シェルター内に残された古い書物を読み解き、新たな情報を見つけていった。

ドンやギルダだけでなく、兄弟達みんなが、自分ができる役割を果たしていった。

そして旅立ってから六日後に、エマは〝オジサン〟に背負われ、瀕死《ひんし》の状態で帰還した。

エマの治療に奔走《ほんそう》している間に、レイが新たな食用児の仲間とともに帰ってきた。

「……やっぱり、エマ達はすごいよね」

薬や新しい包帯を用意しながら、ギルダはドンに呟いた。

「だな。鬼の猟場《かりにわ》で、戦ってたなんてさ」

それに比べれば、野良鬼を追い払った自分達の行動なんて些末《さまつ》に思える。だが胸の中に広がるのは、追いつけない悔しさではない。

こんなにも尊敬できる相手が、自分達の家族であることの、誇らしさだ。

＊　＊　＊

話し終えてドンは苦笑した。今振り返れば、要領がいい戦い方とはとても言えない。

「あれで鬼が怯《ひる》んでくれて良かったよ」

「今思えばきっと、運よくあのナイフが鬼の弱点に届いてたのよね」

ギルダも同意して頷く。皮膚は簡単にナイフで切り裂けないように思える鬼でも、きっと口の中は違うはず。そう思って立てた作戦だったが、結果として鬼の弱点――目の奥を傷つけることができたのだろう。でなければ、おそらくすぐに再生して追いかけられていた。二人が鬼の弱点や戦い方を学んだのは、それから後のことだ。鬼と戦ってきた、ゴールディ・ポンドの仲間達と協力し合うことになってから、多くのことをドンもギルダも学んだ。

「ほんと運が良かったんだよな、俺ら」

「そうなの？」

ドンは肩をすくめて笑い飛ばすが、二人の活躍を聞いていたエマには、十分勇気のいる戦いだと思えた。

「そんなことないよ！　ドンとギルダ、ずっとかっこよかったもん」

「ね！　美味しい鳥も獲ってきてくれたし、すっごく頼もしかった！」

「シェルター以外でも、いっぱい助けてもらったよ」

同じように思ったのは、エマだけではなかった。弟妹達も、我先にと口を開いて、ドンとギルダに喝采《かっさい》を送る。

「私もそう思うな」

弟妹達に合わせて、エマは大きく頷いて同意する。

「えっ、そ、そうかぁ？」

「なんか変な感じね。でも、ありがと、みんな」

あの頃はまだまだ何もできなかった。そんなふうに回想していたドンとギルダだったが、兄弟達にはそう見えていなかったとわかり、嬉しそうにはにかんだ。

ノーマンも笑って口を開いた。

「僕も二人と再会した時、顔つき変わったなぁって思ってたよ」

「えっ、そうだったの⁉」

「まぁノーマンの方が変わってたけど……」

ドンは思い出して苦笑する。自分達が外で生き抜く力を得ている間に、ノーマンは農園の食用児達を数多く救出し、〝ミネルヴァ〟の名を継《つ》ぐ存在になっていた。

ノーマンは微笑したまま首を振る。

「僕は行きすぎた道を選んでしまっていたから」

あのまま突き進んでいかずに済んだのも、ハウスで一緒に育った兄弟達のおかげだ。

「あのハウスの出荷の時、僕、二人に言ったよね。『エマとレイのこと頼んだよ』って」

ノーマンは穏《おだ》やかに笑いかけた。

「ずっと、助けてくれてたんだなぁって、安心した」

そう言ってノーマンは、レイの方へ目線を向ける。気づいたレイが、二人の方を見て頷いた。

「ああ、そうだな。お前らがいなかったら、できなかったこと、たくさんあるよ」

レイの言葉を聞いたドンは、喜ぶより先にうろたえた。

「えっ、ちょっ、急にレイに真顔《まがお》で褒《ほ》められんの、びっくりすんだけど！　雪降ってこねえ⁉」

「は？　ひとを皮肉屋みたいに言うなよ」

「いやいやいや！」

やりとりに、最初にギルダが吹き出した。つられるようにエマも、兄弟達も笑い出す。

扉が開き、外で作業をしていた老人が戻ってくる。テーブルを囲む子供達に、穏やかに声をかけた。

「そろそろ、最後のバスが出てしまうぞ」

そう言われてエマは窓の外を見た。

気づけば日もとっくに暮れ、外はすっかり暗くなっていた。

「えっ!」

「わっ、ほんとだ!」

時計を見て、子供達も驚く。ついさっきこの小屋にやってきた気がするのに、何時間も話し込んでいたようだ。

「エマと会ってると、あっという間に時間が経っちゃうね」

帰り支度《じたく》をしながら、兄弟達は話し合う。ハウスの思い出、自分達のこれまでの冒険、話しても話しても伝え足りなかった。

「急いでバス停まで行かんでも……ここで良ければ、泊まっていってもかまわんが」

決して近くはないバスの停留所までの夜道を、平気で歩いていこうとする子供達に、老人は声をかける。ノーマンは朗《ほが》らかに笑って首を振った。

「いえ、大丈夫ですよ」

「この人数じゃ、さすがに迷惑になりますし」

レイも丁寧に辞退する。

これまで旅してきた世界に比べれば、こっちの世界の夜道は、いくら辺境でも自分達にとってそれほど危険ではない。だがそう声をかけてくれる老人の心遣《こころづか》いはありがたかった。

「私もバス停まで行くよ！」

エマはそう告げ、明かりを用意する。子供達は脱いでいた上着を羽織《はお》った。

「もっと近くに住んでたら、すぐ来られるのにね！」

「ほんとだね！」

話し合うドミニクとマルクに、イベットが指を立てて提案する。

「エマのお家《うち》の隣に、みんなで住めるお家建てちゃおうよ」

「わぁ！　それいいね！」

「おじいさんは、私達が来ても、迷惑じゃない？」

年少の子供達に見上げられ、老人は目元を和《やわ》らげ、答えた。

「ああ、ちっとも迷惑じゃない」

子供達は嬉しそうに笑って、扉を開けて外へ出ていく。エマもその兄弟達の後に続き、扉のそばに立った老人を振り返った。

「じゃあ、行ってくるね！」

「ああ、行っておいで」

老人は穏やかに送り出す。賑やかな笑い声と足音とともに、少年少女は小屋を後にした。

道《みち》しるべの星《ほし》

（少年《しょうねん》ジャンプGIGA《ギガ》2019 SUMMER《サマー》 Vol.《ボリューム》1〜3掲載《けいさい》）

外へ出ると、空には満天の星が広がっていた。

山の稜線《りょうせん》が黒く浮かび上がり、夜空が深い青色をしているのがよくわかった。瞬《またた》く星の間に、細かな光が散りばめられている。

「わぁ、すごい星空！」

飛《と》び跳《は》ねるように、子供達は夜道を駆けていく。

「すっげー！」

「星めちゃくちゃ見える！」

「あっ、こら、危ないから走らない！」

弟妹達を追いかけて、ギルダが走り、その後をドンが笑いながらついていく。ハウスに戻ったようなその光景を見て、ノーマンは目を細める。

それから頭上を振《ふ》り仰《あお》いだ。まだ肌寒《はだざむ》い夜風が、その頬《ほお》を撫《な》でていく。

「ここは地上の光がほとんどないから……綺麗《きれい》に見えるね」

見上げて隣を歩きながら、エマは不思議そうに尋《たず》ねた。

「街からだと、あんまり見えないの？」

「ここほど見えねーよ」

ポケットに手を突っ込んで、レイもまた空を見ながら答える。

そうなんだ、とエマは呟《つぶや》く。エマの中にあるのは、この場所から見た星空の思い出だけだ。街の星空も、いつか見に行ってみたいなと胸の中で呟く。

「ふふ、向こうの世界にいる時は、これが普通だったはずなんだけどね」

ノーマンは、二年前までいたその世界のことを追想する。

「……懐かしいな」

星を見上げていたエマは、唐突に指を上げ、一点を指さした。

「あ、北極星」

「えっ」

ノーマンは隣から聞こえた言葉に、驚いて顔を向けた。レイもまた、前髪の中の瞳を瞠《みは》っている。

「それ……覚えてるの？」

ノーマンとレイが自分の方を見ているのに気づいて、エマはきょとんとした。

「えっと、こっちに来てから教えてもらったんだけど」

「ああ……そうなのか」

どんなささやかな言葉にも、記憶の名残《なごり》があればと思ってしまう。ノーマンもレイもそれは同じだった。エマは少し困ったように笑って、尋ねた。

「私、星の話、してたの？」

「うん……ハウスで、こっそり星を見たことがあったんだよ」

ノーマンは記憶をたどり、懐かしそうに呟いた。エマは首を傾《かし》げる。

「えっ？　でも、できたの？　そんなこと。ハウスは自由に外に出たり、できないようになってたんでしょ？」

ふふっとノーマンは笑う。

「エマが言い出したんだよ？　星座を見つけたいって」

＊　＊　＊

朝のＧＦ《グレイス＝フィールド》ハウスの廊下、賑《にぎ》やかに子供達が歩いているそこを、明るい髪色の少女が駆け抜けていく。

「エマ、おはよう」

「おはよう！　コニー！」

ウサギのぬいぐるみを抱いた妹に挨拶《あいさつ》し、エマは階段を勢いよく下った。そしてそこで見つけた二人の少年に、大きな声で呼びかけた。

「レイ、ノーマン、おはよう！　ねぇ今夜、星座探しに行こうよ！」

呼びかけられて、本を小脇《こわき》に抱いた黒髪の少年が振り返った。

「朝っぱらから何言い出すかと思えば……」

レイはくだらなさそうに溜息《ためいき》をつくと、突拍子ないその提案を一蹴《いっしゅう》した。

「夜中に外へ出るなんて、ママが許してくれるわけないだろ」

わかりきった規則《ルール》を繰《く》り返《かえ》され、エマは頬《ほお》を膨《ふく》らませた。

「けどさぁ、星座見るには夜しかないじゃん」

「エマ、またどうして急に？」

落ち着き払った声は、もう一人の少年、ノーマンだ。エマは身振り手振りを交《まじ》えて、昨日の出来事を話した。

「あのね、寝る前にフィルやマーニャと星座の本見てたの。ほら、星座のお話とか、北極星の見つけ方とか載《の》ってるやつ。でね、二人に『星座ってなぁに？』って聞かれたんだけど、うまく答えられなくて」

「【星座】いくつかの星の集まりを区切って、固有の名称を与えたもの」

「レーイー！　最後まで聞いてよ！」

からかう博識の兄弟にエマは怒る。気を取り直し、指をぴんと立てると二人に伝える。

「私達だってさ、星は見たことあるけど、外に出て天体観測とかしたことないでしょ！」

レイとノーマンは顔を見合わせた。確かに二人も知識として知っていても、本物の星座を探したことはない。

「ね？　だからみんなで星座見に行こうよ！」

「ふーん、なるほどね。ママに頼んでみるって選択肢《せんたくし》もあるだろうけど……」

食堂へ向かいながら、ノーマンは思案げに顎《あご》に手をやった。ちらっと廊下の向こうを歩くママの姿を見る。レイが「ぜってームリ」と言い放とうとした時だ。

「——屋根裏の窓」

「え？」

エマが目を丸くして聞き返した。つまらなさそうに聞いていたレイも、思わずノーマンの方へ視線を向けた。

ノーマンは声を落とし、二人に明かした。

「屋根裏の窓が一つ、壊れてるんだよ。そこからなら、夜にこっそり、屋根に出られるかも」

「屋根に!? えっ! すごい!」

歓声を上げたエマに、しぃとノーマンは口の前に指を当てる。

「ドアを開けて外に出るより、バレにくいんじゃないかな? レイ、どう思う?」

意見を求められ、レイは眉《まゆ》を寄せた。少し沈黙した後、口を開いた。

「……まぁ、ママが部屋の見回りに来る前に戻れば」

レイの言葉を聞き、ノーマンは頷《うなず》き返した。

「最初は僕らだけで出てみよう。危なくなさそうだったら、他の子も」

「うん! じゃあ今夜消灯後に」

エマは二人の頼もしい仲間を交互に見ると、目を輝かせて笑った。

ギ、と微《かす》かに階段が軋《きし》む。三つの影が、普段は使わない階段を上がり、屋根裏部屋へ入っていった。
「ここだ」

ノーマンは小さな窓の一つに近づいた。確かに、よく見ればはめ込み式の格子《こうし》がぐらついており、揺するとそのまま外《はず》すことができた。

「やった！」

「エマ、声でかい」

後ろにいたレイが、叱責《しっせき》する。エマは窓から身を乗り出した。夜風が髪を揺らす。

「私が先に行ってみるよ！　二人は待ってて」

「エマ、気をつけて」

肩に触れたノーマンに笑いかけると、エマは履《は》き替《か》えてきたブーツで屋根に降り立った。

最初、屋根に積もった砂汚れで一瞬だけ靴底がすべったが、傾斜は思ったほどではない。

そのまま歩いて棟《むね》を目指して上がっていけそうだ。

「大丈夫！」

屋根を上がっていくエマの後を、レイとノーマンも続く。

「わぁ！」

屋根の上に立つと、エマは頭上に広がる星々を見渡した。周囲を囲む森は黒く沈み、シルエットだけになり、その上には深い青をした星空が広がっていた。

大きな星が、点々と浮かぶ。

本で見た通りの位置で、その恒星達が輝いているのに気づく。

「あれ、カシオペア座？」

「うん、そうだね」

同じように屋根に上がってきたノーマンが、隣に立って見上げる。カンテラを下げたレイが、明かりを頼りに本を開き読んだ。星座とその星の名前が書かれた本だ。

「あれが、おおぐま座……北斗七星か」

レイが視線を向ける星がどれか、エマもノーマンも気がついた。七つの星が、明るく輝いている。

「じゃあ……あれが」

三人の声が、一つの星を指《さ》して重なった。

「北極星！」

それは小さな星だったが、星座を繋《つな》げていくことで、見つけ出すことができる。北がどこかを指し示す、道しるべの星だ。

エマは瞳を大きく見開き、声を上げた。

「すごいね！　ほんとに星座だ！」

「当たり前だろ」

呆《あき》れた声で言いながらも、レイは屋根の上に腰を下ろし、興味深そうに本と夜空とを見比べている。エマとノーマンは揃《そろ》って吹き出すと、同じようにすぐそばに座った。

「ねぇ、昔はこの星を頼りに、旅をしたりしてたんでしょ？」

エマは本で読んだ内容を思い出す。ノーマンが頷いた。

「うん。地球が自転してる軸の、真上にある星だから、必ず北を指しているんだ」

「じゃあさ、ハウスを出た後、いつかみんなで冒険する時はこの北極星を目印にすればいいね！」

冒険？　と笑いながらノーマンは尋ねる。

「そう！　秘密の宝物とか、誰もまだたどり着いたことない場所とか」

エマは目を輝かせて、壮大な空想を語る。レイはそっけなく相槌《あいづち》を打っていたが、少しの間《ま》の後、溜息混じりに呟いた。

「つーか、星を頼りにしてたなんて、大昔のことだぞ？　離れたところにいたって別に、連絡だって取り合えるし……」

「そうだけどさ！」

エマはレイの方へ身を乗り出す。

「ハウスを出て、別々の家に行っても、こうやって毎晩空を見上げたら同じ星が見られるってことでしょ？　それってすっごい確かな目印じゃない？」

エマの言葉に、レイは微かに目を見開き、ノーマンは声を漏《も》らして笑った。

「うん、そうだね。道しるべになるね」

エマの脳裏《のうり》には、『星座ってなぁに?』と尋ねた弟妹の顔があった。

いつかみんな、ハウスを出て、外へ旅立つ日が来る。寂《さび》しいけれどその時、星座を繋げて北極星を見つけられれば、どんな場所にいたって繋がっていられる。

どんな場所だって道に迷わず、また出会うことだって、できるはずだ。

「この星を目印に!」

こぼれ落ちてきそうな星空に手を伸ばし、エマは未来を想《おも》って笑った。

＊　＊　＊

道の向こうから、弟妹達の笑い声が響いてくる。

「あの頃は、エマが〝冒険〟なんて言うの、突拍子ないなぁって思ってたけど」

「ほんとになっちまったな」

レイが肩をすくめて笑う。自分だって、あの時は聞きながら呆れていた。〝突拍子ない〟からではない。〝無理〟だと思っていたからだ。

自分達が、外の世界を自由に旅するなど。

「……ほんとに、叶《かな》えたんだな」

レイの口から、微かな呟きが漏れる。独《ひと》り言《ごと》のようなその呟きは、けれどエマとノーマンの耳にも、確かに届いていた。

北極星。他の瞬く星に埋もれてしまいそうな、その小さな星を、レイはじっと見上げた。

季節は今とは違う。けれど記憶の中の、ハウスを脱獄した夜に見上げた空が、今夜の夜空に重なり合った。

＊　＊　＊

知らない夜の森の中、レイは走りながら、前を行く少女に声を発した。

「エマ、少し休むぞ。このまま走ってもペースが維持できない」

暗い視界には、リュックを背負った兄弟達の姿があった。木々の合間から、星明かりが足元を照らすだけの暗闇《くらやみ》だ。そんな中を、小さな兄弟達はもうかなりの距離、走ってきている。誰もが息を切らし、肩を揺らししていた。

「うん。わかった」

先導していたエマはレイの言葉に振り返り、足を止めた。引き返しながら、弟や妹の様《よう》子《す》を一人一人確認していく。誰の顔も、緊張と興奮で強張《こわば》っていた。

「みんな、大丈夫？　少し休んだらまた頑張って走ろうね」

「エマ、後ろから追いかけてこないかな……？」

「私が見てるから、大丈夫。ちょっとでも休んで」

レイは言葉をかけ合う兄弟達を眺め、そして視線を上げると、夜空を仰いだ。

きらめく星を眺めていると、脱獄が叶ったのだという実感が、ゆっくりと湧《わ》いてくる。

ここは外だ。もう遊び慣れた塀《へい》の中の森ですらない。

（ハウスを、出たんだ……）

レイは息を吐き出した。始まりの10月12日、いや、それよりさらに長い時間を、今日のこの脱獄のために費《つい》やしてきたのだ。

ふと見上げた夜空に星座を見つけて、レイは思わず呟いた。

「……はは、懐かしいな」

あの夜から一年も経《た》ってないのに、平和だったハウスでの日々は、もうずいぶん過去のことのように思えた。レイは片手を持ち上げ、ゆっくりと指を動かす。たどった先に輝くのは、北極星だった。

あの日も朝から、エマが突然言い出したのだ。

「ねぇ今夜、星座探しに行こうよ！」

このＧＦ《グレイス＝フィールド》ハウスで一緒に育ってきた少女は、幼い頃からいつも突拍子ない思いつきを口にした。食堂に向かいながら、レイは呆れた溜息をついた。

「夜中に外へ出るなんて、ママが許してくれるわけないだろ」

ハウスには消灯時間があり、昼間以外に外へ出ることは許されていない。考えるまでもなく、天体観測なんてできるわけがなかった。

けれど結果としてその晩、自分達は屋根裏の壊れた窓から、ハウスの屋根へと出た。

本来ハウスの窓には全《すべ》て格子がはめられている。だがノーマンが、普段は使わない屋根裏の窓の一つが壊れていることに気づいたのだ。

本当は止めるべきだったとレイは今でも思う。あんなことをして、自分達への〝警戒〟が強くなっていたら長年の計画が無に帰してしまう。だが本物の星をじっくり見られる機会は、こんな時しか得られなかった。

自分だってエマと同じだ。本物の星座を、観賞してみたかった。

星座や天体について書かれた本を抱き、カンテラを持ってレイは屋根に上がった。

頭上に広がる星空に、息を呑《の》む。

「わぁ！」

エマが歓声を上げ、ノーマンが空に指を伸ばす。

よく晴れた月のない晩で、星はどれもはっきりと見えた。Wの形のカシオペア、おおぐま座のしっぽは北斗七星、そして繋ぎ合わせた先には――

「北極星！」

三人で指さした星は、特別明るく輝く星ではない。だが星座を繋げれば、見失うことはない星だ。

「ねぇ、昔はこの星を頼りに、旅をしたりしてたんでしょ？」

屋根に座ったエマが尋ねる。

「うん。地球が自転してる軸の、真上にある星だから、必ず北を指しているんだ」

ノーマンがそう説明すると、エマは大きく目を見開いて笑った。楽しいことを思いついた時の、いつもの表情だ。

「じゃあさ、ハウスを出た後、いつかみんなで冒険する時はこの北極星を目印にすればいいね！」

「あはは、冒険？」

ノーマンが声を上げて笑った。エマは身を乗り出して語る。

「そう！　秘密の宝物とか、誰もまだたどり着いたことない場所とか、みんなで探しに行くの！」

こぶしを握《にぎ》り締《し》めて喋《しゃべ》るエマに、ノーマンはおっとりと答えた。

「楽しそうだね」

「もしはぐれちゃったり、道に迷っちゃったりしても、この星を目指していけば大丈夫ってことでしょ？　ね、レイ？」

エマはそう言って、レイの方を見た。

「ああ、だな」

レイは空を見上げたまま、短く答えた。エマもノーマンも、それをいつも通りの、愛想《あいそう》のない返事だと思って気に留《と》めなかった。

レイは、星の合間にぽつんと光る、北極星を見つめた。

「…………」

みんなで外の世界を冒険する――そんな日が来ることはない。冒険どころか、自由に夜空を見上げることさえ、自分達には夢物語だ。

せめて、とレイは思う。

今ここにいる二人だけは、北極星を頼りに外の世界を旅できるような、そんな未来に連れていきたかった。

「レイ」

声をかけたのは、弟のクリスティだった。カーディガンの袖《そで》を引かれて、レイは現実に引き戻される。気づけば弟妹達はみんな、再び走り出す準備をしていた。

「もう走れるよ！」

「行こう！」

夜明け前の闇の中、レイは浮かび上がる家族の顔を見渡した。

あの壊れた窓は、翌日にはイザベラが直してしまったため、最年長の自分達以外が、屋根へ上がることはなかった。

（当然だ）

レイは胸の中で呟く。密告《チク》ったのは、自分なのだから。

兄弟達から、星座を見る機会を永遠に奪った、はずだった。

「……いつか、みんなで冒険する時は、か……」

そんな日は決して訪れることはないと思っていた。少なくとも、〝全員《みんな》〟は不可能だと。

なのに今、残していくはずだった弟妹達とともに、こうして自由で過酷《かこく》な旅を始めていた。

「レイ？」

振り返ったエマに、レイは柔らかに首を振る。

「何でもない。行こう」

頭上には星と星とを繋ぎ合わせた先、決して揺らぐことない小さくも明るい星が輝いている。

あの星は、希望であり、理想であり、生き残るはずだった、もう一人の兄弟だ。

(誓うよ……ノーマン)

――俺は生きて、お前の分まで、みんなを導く。

星の光の下、レイは家族とともに走り出した。

＊　＊　＊

レイはそばを歩く二人を見る。

あの脱獄の夜には失ったと思っていた兄弟と、世界を渡った時に、もう取り戻せないのではと思った兄弟と。

けれど今、あの晩と同じように一緒に星空を見上げている。

（二人とも、生きて、ここにいる……）

そして、自分も。

レイは万感の思いで、けれどそれ以上言葉を口にすることはなく、静かに空を見上げ続けた。

「僕もラムダにいる時、その時のこと、思い出してたよ」

ゆっくりと歩きながら、ノーマンは呟いた。レイも、エマも空から、隣を歩く兄弟へ視線を向けた。

「ラムダって……ノーマン達が、実験されてた……？」

世界を渡ってきた仲間は、全員がハウスの家族だったわけではなく、他の〝農園〟にいた子供達もいたと、エマは聞いている。その中で、シスロやバーバラ、ヴィンセントやザジ達は、Λ《ラムダ》7214という新農園で実験を受けさせられた過去がある。そこにノーマンもいたのだ。

この世界へ渡ってきた時には、実験による副作用の症状もあったそうだが、二年の間に治療が進んだと聞いた。

だが悲惨な過去を経験してきたことには変わりない。

顔を曇らせて尋ねたエマに、安心させるようにノーマンは笑いかける。

「二人と一緒に見た北極星に、あの星空に、勇気づけられてたんだ」

そうなんだ、とエマは返答したが、レイの方は訝《いぶ》かしげに確認した。

「……ラムダに窓とか、あったのか？」

「ないよ」

さらりと答えたノーマンに、エマは「えっ？」と呆気《あっけ》に取られ、レイは「だと思った」と驚いた様子もなく息を吐いた。

ノーマンはにこにこしながら答える。

「でも、見えてたよ。たくさんの星が」

分厚い壁や天井、厳重な警備も、思い出の光景を遮《さえぎ》る障壁《しょうへき》にはならなかった。

＊　＊　＊

無機質な白い壁面とガラスに囲まれた空間、中央のデスクに、一人の少年が座っている。

モニターには問題が表示され、それを次々と解いていた。

ガラスの向こうでは白衣の男達が、その若き被験者の姿を見守っている。

「……現時点、いまだミスはない。全問正解だ」

「満点《フルスコア》か。どこまで伸びるか……」

ここは、Λ《ラムダ》７２１４。あの日、〝出荷〟されるはずだったノーマンは、この研究施設へ連れてこられていた。毎日の試験《テスト》と、徹底的に管理された生活は、ここもまた形を変えた農園《ハウス》なのだと理解していた。

眉一つ動かすことなく、ノーマンはよどみなく問題を解答し続けていた。

だが映し出されたある問題に、一瞬だけその動きが止まった。

『第１６９問　２０４６年現在、ケフェイド変光星で地球からの距離４３３光年、α＝2h31.5m δ=+89°16′の位置に存在する恒星を答えよ』

ノーマンは思わずペンを浮かせる。

（あ……）

もちろん、解くのに行き詰まったためではない。

この問いの答えは、こぐま座のポラリスＡα——北極星だ。

ノーマンの脳裏に、ハウスで過ごしたある夜のことが鮮やかに蘇《よみがえ》った。頭上に広がる満天の星空。肌寒く感じた夜風と、カンテラの明かり……。屋根の上に立った時、少しだけ怖《こわ》かったことは、きっと二人にはバレなかったはずだ。

（エマ、レイ……）

懐かしさに、胸が締めつけられる。

研究者達は少年の手が止まったことに注目した。だがすぐにまた問題を解き始めたため、それ以上注意を払うことはしなかった。

200問目の終了を告げたアナウンスを聞き、ノーマンは無数のコードの伸びたヘッドホンを外す。

あてがわれた個室へ戻るため、廊下を歩いていく。ちらりと視線を持ち上げても、見えるのは代《か》わり映《ば》えしない白い天井だ。

窓のないこの施設では、空を見ることはできない。

(ハウスにいる時も、本当なら、星空を眺めたりできないはずだったんだけど)

ノーマンは、無茶や無謀をものともせず、いつも突拍子ないアイディアを語る少女のことを思い出し、小さく笑った。

朝食の匂《にお》いが漂うハウスの廊下、明るい髪を揺らしてエマが駆け寄ってきた。

「おはよう！　ねぇ今夜、星座探しに行こうよ！」

一緒に食堂へ向かっていた少年レイは、その唐突な誘いに、想像した通りの答えを返した。

「ママが許してくれるわけないだろ」

即座に却下《きやつか》されてエマは頬を膨らませたが、それに関してはノーマンも否定はできなかった。ハウスの規則なのだ。夜は勝手に外へ出てはいけない。ママに頼んでも、よほどの事情がない限り許可を得るのは難しいだろう。

星座は、寝室の窓から見るしかないだろうか、とノーマンは思案した。そこでふと思い至った。

（窓……）

「――屋根裏の窓」

ぽつりと呟いたノーマンに、エマとレイが顔を向けた。

ノーマンがそれに気づいたのは、偶然だった。

自由時間に外で遊んでいる時、弟の投げたボールがハウスの屋根の、小窓に当たったのだ。その時、窓の格子が微かに揺れたのが見えた。

後から確かめに行ったら、やはりはめ込み式の格子はわずかに緩《ゆる》んでいるようだった。屋根裏は小さい兄弟達が遊ぶ場所でもないし、急いで直す必要もないだろうと思っていた。

それが功を奏した。あの窓はまだ、ママに知られていない。

その夜、三人でこっそり、ハウスの屋根へ上がった。

不思議な気分だった。ずっと過ごしていた場所だったけれど、屋根に上がるなんて初めてだ。

「わぁ……」

頭上いっぱいに広がる星空を堪能《たんのう》するのも。空を見上げて、思わず感嘆の声が漏れた。本で見た星座が、そのまま広がっていた。カシオペア座、北斗七星、繋げた先の、北極星。三人で次々と、知っている星座を見つけていった。

「星座って面白いよね」

屋根に腰を下ろしたエマが、空を見上げながら呟く。

「一つの星座の中に、大きい星も小さい星も入ってて。もっと目立つ星だけで星座にすることもできたのに」

視線を戻すと、屋根に座るレイとノーマンを見て笑う。

「星座を作った人は、優しい人だよね!」

エマの発言を聞いていたレイが、少しの間の後、淡々と告げる。

「ま、見えねーくらい小さい星でも、ただ遠くにあるってだけで、実際のサイズ馬鹿でかかったりするけどな」

「だね。あの北極星だって太陽の46倍の大きさだって言うし」

「え⁉　そうなのっ⁉　あれが⁉」

　エマは目を剝《む》いて、もう一度空の中の小さな点を指さす。ノーマンは笑って頷く。

「そう。それに北極星自体も、一つの星じゃなくって、三つの星が重なり合って見えているんだよ」

「へぇ、そうなんだ。じゃあ本当はあそこに、三つ星が一緒にいるんだ」

　エマは瞳を輝かせて、言った。

「それって、私達みたいだよね！」


　個室のベッドに横たわり、ノーマンは天井を眺めた。インテリアのつもりなのか、つるされた惑星のモビールが、通気口からの微風でわずかに動いている。

　ここから本物の夜空を見ることはできない。

　だが日付と時間から割り出せば、おおよそ今この施設の上に広がっている星座が何か思い描くことはできる。

（もう少しすれば……）

　あの時ハウスで見たように、ちょうど真上にカシオペア座や北斗七星が上ってくるはずだ。ノーマンは目を閉じた。瞼《まぶた》の裏には星の配置と、それに重なり合って兄弟達の顔が浮かんだ。

（どうかみんな……）

誰も欠けずに、無事に脱獄を成功させていてほしい。

星は、一つだけでは星座を作れない。夜空を覆《おお》う無数の星があるから、たくさんの物語が生まれたのだ。大きな星も、小さな星も、一つでも欠けたら星座は変わってしまう。

星座がなければ、道しるべの星、北極星を見つけるのも困難だ。

あの夜、エマが言った言葉が蘇る。

『いつかみんなで冒険する時はこの北極星を目印にすればいいね！』

その時は冒険なんて言って、エマらしいなと笑っていた。だが今や、冒険以上の危険と隣り合わせの世界を生きていくこととなった。あの時すでに真実を知っていたレイは、どんな気持ちであの言葉を聞いていたのだろうか。二人とも、同じ空の下、どこかで兄弟達を守るため必死に戦っているはずだ。

ノーマンは監視されていることを承知で、左手を持ち上げた。

あの時、三人で見つけた星を、同じように指さす。

（エマ、レイ……みんな、待っていて）

生きてここを脱獄してみせる。ノーマンは掲げた手をぎゅっと握り、胸へと引き寄せた。

あの北極星を頼りに、いつか必ず再会を果たそう。

＊　＊　＊

ノーマンは星空を見上げ、懐かしく目を細める。

今思えば、ラムダを出た後に、エマ達を探し出すのはまだよりどころがあった。ミネルヴァとして無線を流し、その足取りを推測していけば、いずれ再会できるはずだと思えた。

だがこの世界で——たった一人の人間を探し出すのは、あまりに途方もなかった。

エマが払った〝代償〟が何かもわからず、本当にこの世界にいるのか——その生死すらも不確かなまま、情報を掻《か》き集《あつ》め、あらゆる場所へ足を向けた。

もしもこのまま、エマを見つけられなかったら。そう考えて眠れない夜があった。投げ出すことはしないと決めていたが、もし自分の残りの人生を全てつぎ込んでも、足りなかったら。そう考えると、ノーマンは一秒一秒が過ぎていくことが恐ろしかった。

こうしている今も、世界のどこかで、エマが一人ぼっちで苦しんでいるかもしれない。

それは仲間全員、誰もが抱《かか》えていた不安だったはずだ。

だから仲間全員、誰一人として『もう諦《あきら》めよう』とは言わなかった。何度不安に押《お》し潰《つぶ》されそうになっても、励《はげ》まし合って立ち上がった。

エマが自分達にしてくれたことを思い出し、前へ進み続けた。

ノーマンは眩《まぶ》しそうに、きらめく星々を見上げる。

「でも」

ノーマンは安堵《あんど》と歓喜の混じった眼差《まなざ》しで、その星を見つめる。

「同じように、北極星を見ていたんだね」

「……確かに、そうだな」

ノーマンとレイは、隣に立つエマへ顔を向けた。

「あ……」

向こうの世界での絆《きずな》は、全て絶《た》たれた。自分達は〝家族〟ではない、見ず知らずの人間になってしまっていた。

だが別々の空の下にいたわけではなかったのだ。向き合うと、エマは満面の笑《え》みを浮かべて頷いた。

「うん……！」

繋がりは全て絶たれたわけではなかった。

確かに、同じ星の下でこの二年を、生きていたのだ。

再来《さいらい》

小屋から停留所まではそれなりに距離があるが、気づけばその標識が見えてきていた。

ぽつんと灯《とも》った明かりに、そばに置かれた古びたベンチが浮かび上がっている。

「良かった、バス間に合った〜！」

色褪《いろあ》せた時刻表を見て、子供達は安堵《あんど》の声を漏《も》らす。

「今日《きょう》はありがとう」

小さな街灯の下、兄弟達と向き合い、エマはあらためてお礼の言葉を口にした。

「私のこと、みんなのこと、たくさん教えてくれて」

「何言ってんだよ、毎日聞かせてやるって」

「エマがもういい！　って言うくらいね」

ドンとギルダが、笑顔を向ける。ノーマンが言葉を重ねる。

「エマ。僕達、ずっとエマに支えられてきたんだから」

「うん……」

エマは自分に向けられる、たくさんの笑顔を見つめ返す。

「少しずつでも、また、みんなと仲良くなりたい」

出会った時は、知らない少年少女達だった。それでも溢《あふ》れる涙に、この人達が、自分がずっと会いたかった家族なのだとわかった。それから言葉を交《か》わして、お互いのことを知って、少しずつ変わり始めた。

(まだほど遠い道のりだけれど)

エマは兄弟達を見つめて、笑った。

「私、みんなとまた、家族になりたい」

その言葉に、兄弟達みんな、誰の顔にも光が灯ったようだった。

「……うん」

震える声でアンナが頷《うなず》く。目じりの涙を拭《ぬぐ》って、ナットが笑いかける。

「もっといっぱい、話そう」

静かに、けれどゆるぎない口調で、レイが告げる。

「絶対取り戻させてやるから」

運命が何だ。〝代償〟が何だ。記憶も絆《きずな》も、どれだけ奪われても、何度でもこれから先、積み重ねていけばいいだけだ。

「うん……！　ありがとう」

街灯の優しい光が、エマと、そして兄弟達の顔を照らし出す。

青い星空の下、静かに春の夜風が渡っていく。エマは髪を押さえて、呟《つぶや》いた。

「私、記憶をなくす前の私が、どうしてこの選択をしたのか、わかる気がする……」

エマの口から思いがけない言葉が出てきて、兄弟達の顔は驚きの表情へ変わった。

エマは自分の胸に、そっと手を置いた。

「こんなに愛してくれる家族が、笑って暮らせる未来があるなら、迷わず選ぶよ」

記憶は失ってしまった。けれど確かにこの体は、家族を守り、家族に愛されてきたはずだ。

教えてもらったたくさんの思い出から、ハウスでの過去を想像する。

ママに抱かれ、同い年のノーマンとレイとともに成長し、弟妹達の面倒を見て、そして未来を切り開くために塀《へい》を越えて走り出した。

本当の自由を、笑って暮らせる未来を目指して。この手は鬼と戦い、理解《わか》り合い、〝約束〟を結び直してきたのだ。

「〝エマ〟がそんなに頑張れたのは、みんながいたからだよ」

それに、とエマは清々《すがすが》しい心地で付け足す。

「きっと、大丈夫って、思ったんじゃないかな」

「え……？」

不思議そうに見返す兄弟に、エマは言葉を探すように、ゆっくりと呟く。

「記憶を失っても、繋《つな》がりを絶《た》たれても、信じてたんだよ」

エマにはもう、向こうの世界にいた時の自分が、どうしてこの選択をしたのか兄弟達に明かすことはできない。

（こんなに、大事に思ってもらえてた〝家族〟だもん。本当はみんな、『どうして』って思ったはずだよね……）

どうして、〝代償〟のことを教えてくれなかったのか。

どうして、一人で背負う道を選んだのか。

「でもきっと、自分だけ犠牲になろうとしたんじゃないと思う」

憶測の声音《こわね》とは異《こと》なる、迷いのない口調でエマはそう言った。

「大丈夫だって……みんなのこと、信じてたんだと思う」

再会して、言葉を交わして笑い合って、同じ時間をまた少しずつ積み重ね始めて、エマは確信した。

自分は心のどこかで、家族《みんな》なら自分がこの選択をしても、〝笑って暮らせる未来〟にできると、思っていたのではないだろうか。

「エマ……」

山の端《は》から、微《かす》かに一条の光が届く。バスのヘッドライトだ。

エマは幸せそうにその顔を輝かせた。

「きっと私、最高の未来を選んだんだよ」

田舎道《いなかみち》の向こうから光が届く。旧型のバスが、走行の音を響かせて、停留所へやってきた。エマは苦笑混じりに、頭を掻《か》いた。

「……って、自分のことをこんなふうに話すの、変だし、もしかしたら全然違ってるかもしれないけど」

車窓から漏れる光が、その下にいる子供達の笑顔を照らした。

「うん！」

「きっとそうだよね」

「エマだもん！」

軋《きし》んだ音を立てて、扉が開く。ほとんど人の乗っていないバスに、賑《にぎ》やかに子供達が乗り込んでいった。

「また来るね！」

「もっといっぱい遊ぼうね！」

中からすぐに窓に駆け寄り、顔を出して、停留所に残ったエマに声をかけた。

「エマも遊びに来てね！」

「うん！　他の子にも、よろしく！」

走り出したバスと並走しながら、エマは大きく手を振った。バスはだんだん速度を上げ、離れていく。

「エマー！　またねー！」

その姿が見えなくなるまで、弟妹達が手を振っているのが見えた。エマも曲がりくねった道の向こうへ、テールランプが消えて見えなくなるまで、手を振り続けていた。

その残響が消え、最後のバスが走り去った田舎道は、またしんと静かになる。

手を下ろしたエマは、しばらく兄弟達が去っていった方を見つめていた。

「行っちゃった」

胸の中に広がる寂《さび》しさを、けれどエマは、愛《いと》しく思う。

あの頃の自分と、同じようには感じられないのかもしれないけれど。

それでも、結び直せない絆《きずな》はない。

今の自分にとってももう、彼らはかけがえのない存在になっている。それを胸の寂しさと、次に会う日を楽しみに思う感情が教えてくれる。

エマは街灯の灯るバス停まで戻ってくる。その明かりの下、人影が見えた。

「あ……」

星空の下、迎えに来た老人が静かに立っていた。

＊　＊　＊

よく晴れた空を、白い雲が流れていく。木々が風でそよぐ音を聞きながら、一人の少女が丘の上からどこか遠くを見つめている。

「エマ――」

その声に、明るい髪色をした少女はぱっと振り返る。

「はーい！」

笑顔を浮かべて、エマは集まっている家族のもとへ駆けていく。姉の名を呼んだ幼い少女が、その手を引っ張る。

「エマ、待ってたよ」

「キャロル、ごめんね！」

そばでギルダが、呆《あき》れたように溜息《ためいき》をつく。

「もう、キャロルだっていい子に待ってるのに、なんでエマが集まってないのよ」

「ごめんごめん」

「ほんとそういうとこ、変わらないよな」

ドンが肩を揺らして笑う。そこにはすでに大勢の人間が集まっていた。レイが、少し離れた場所のカメラを顎《あご》で示す。

「ほら、撮るぞ」

「これで全員、かな？」

ノーマンがその場に集まっている面々を見渡す。

「揃《そろ》ってるよ」

「おう！」

ゴールディ・ポンドで加わった仲間、ラムダをともに生き抜いた戦友、ハウスを脱獄してきた兄弟達。そして救い出したあの頃は幼かった弟妹達。

入りきらないほどたくさんの笑顔の、家族写真だ。

カメラを覗《のぞ》き込《こ》んだ老人が、困ったようにひげを撫《な》でる。三脚の位置を変えて、カメラを覗く。

「大勢だからな。もっと寄れるかい」

「みんな、くっついてー！」

エマが声をかけ、子供達は全員が映るように体を寄せた。

「ほら、エマ達もっと前来て」

「ノーマンもレイも！」

クリスティがノーマンの手を引き、前にいたフィルとシェリーがレイを屈《かが》ませる。

その間にいたエマが、ノーマンとレイ、二人の肩をしっかりと抱く。あの頃のように、無邪気に、屈託なく。

「撮るよ、笑って！」

シャッター音が鳴り、笑い合う家族の姿が、また一枚新しいフィルムとなって映し出された。

白井《しらい》カイウ

原作担当《げんさくたんとう》。2016年《ねん》「少年《しょうねん》ジャンプ＋《プラス》」読切作《よみきりさく》『ポピィの願《ねが》い』にて作画《さくが》・出水《でみず》先生《せんせい》と初《はつ》のコンビ作品《さくひん》を発表《はっぴょう》。同年《どうねん》8月《がつ》から『約束《やくそく》のネバーランド』を「週刊少《しゅうかんしょう》年《ねん》ジャンプ」にて連載《れんさい》。

出水《でみず》ぽすか

作画担当《さくがたんとう》。「pixiv《ピクシブ》」にてイラストレーターとして人気《にんき》を博《はく》す一方《いっぽう》、児童漫画《じどうまんが》家《か》・装丁画家《そうていがか》など多方面《たほうめん》で活躍《かつやく》。2016年《ねん》8月《がつ》から『約束《やくそく》のネバーランド』を「週《しゅう》刊少年《かんしょうねん》ジャンプ」にて連載《れんさい》。

七緒《ななお》

ジャンプ小説新人賞《しょうせつしんじんしょう》jNGP'12 Spring《スプリング》特別賞《とくべつしょう》。『ぎんぎつね』『きょうは会社休《かいしゃやす》みます。』ノベライズを担当《たんとう》。